KB062816

여행자의 영혼에서는 새로운 생각들과 뜻밖의 행동들이 신선한 물처럼 솟아나옵니다. 떠나십시오!

미셸 투르니에의 **환상여행**

Michel Tournier
Les Rois Mages

미셸 투르니에의 **환상여행**

펴낸날 | 2004년 4월 10일 초판 1쇄

지은이 | 미셸 투르니에
옮긴이 | 이원복
삽화가 | 서연희
펴낸이 | 이태권
펴낸곳 | 소담출판사
　　　　서울시 성북구 성북동 178-2 (우)136-020
　　　　전화 | 745-8566~7 팩스 | 747-3238
　　　　e-mail | sodam@dreamsodam.co.kr
　　　　홈페이지 | www.dreamsodam.co.kr
　　　　등록번호 | 제2-42호(1979년 11월 14일)
기획 편집 | 박지근 이장선 정지현 가정실 구경진 마현숙
미　술 | 김미란 이종훈 이성희
본부장 | 홍순형
영　업 | 박종천 장순찬 이도림
관　리 | 이영욱 안찬숙 장명자

미셸 투르니에의 환상여행

미셸 투르니에 지음 | 이원복 옮김

소담출판사

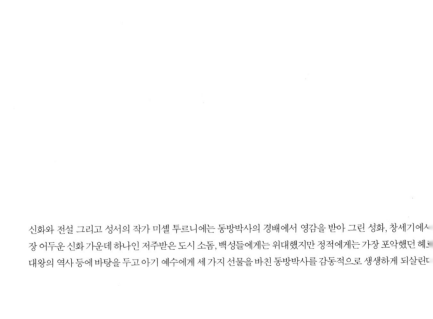

신화와 전설 그리고 성서의 작가 미셸 투르니에는 동방박사의 경배에서 영감을 받아 그린 성화, 창세기에서
장 어두운 신화 가운데 하나인 저주받은 도시 소돔, 백성들에게는 위대했지만 정적에게는 가장 포악했던 헤
대왕의 역사 등에 바탕을 두고 아기 예수에게 세 가지 선물을 바친 동방박사를 감동적으로 생생하게 되살린

contents

사랑에 빠진 흑인 왕

메로에의 왕 가스파르

옛날 옛날에 이집트 남쪽에 '메로에'라는 왕국이 있었다. 왕의 이름은 가스파르였다. 왕은 부모들과 왕비들 그리고 모든 백성들처럼 흑인이었지만 백인을 본 적이 없었기 때문에 자신이 흑인이라는 사실을 인식하지 못했다. 왕은 또한 자신의 납작코와 자그마한 두 귀 그리고 곱슬곱슬한 머리도 인식하지 못했다.

궁전 테라스에서 별이 총총 빛나는 밤하늘을 바라보며 몽상에 잠긴 어느 날 저녁이었다. 가스파르는 남쪽 지평선에서 흔들거리는 희미한 빛을 보고 깜짝 놀랐다.

가스파르는 즉각 점성술사 바르카 마이를 불러들였다. 바르카도 왕처럼 흑인이었지만 머리와 수염은 하얗게 세었다. 가스파르는 코뿔소 뿔로 만든 황홀王笏(왕권을 상징하는 지휘봉_역주)로 지평선을 가리키며 점성술사에게 물었다.

"저 희미한 빛이 무엇이오?"

점성술사가 대답했다.

"폐하, 그렇지 않아도 말씀 드리려는 참이었습니다. 저 빛은 나일강의 수원지水源地에서 날아오고 있는 혜성입니다."

광대하고 장엄한 나일강은 메로에를 가로질러 흐르고 있었지만 그때까지도 아프리카 대륙의 안쪽으로 깊숙이 거슬러 올라가서 나일강의 수원지를 발견한 여행자는 한 명도 없었다. 그래서 나일강의 수원지는 신비에 싸여 있었고 그곳에서 비롯된 모든 일은 이상한 매력을 지니게 되었다.

가스파르가 물었다.

"혜성이라고 했소? 혜성이 무엇인지 설명해 보시오!"

"그리스어에서 나온 혜성이란 말은 '꼬리 달린 천체'를 뜻합니다. 그것은 갑자기 나타났다가 사라지기 때문에 예측이 불가능한 떠돌이 별로 머리와 그 뒤쪽에서 나부끼는 머리채로 이루어진 별입니다."

"말하자면 하늘에서 변덕스럽게 날아다니는 잘린 머리란 말이오? 그 점은 내 기분을 상하게 하지는 않소. 그리고 그 혜성이 나일강의 수원지에서 오고 있다고 했소? 그대는 혜성에 대해 아는 게 더 있소?"

"먼저 그 혜성은 남쪽에서 나타나서 북쪽으로 날아갑니다. 그런데 갑자기 멈추기도 하고 급상승하기도 하며 진로를 바꾸기도 하기 때문에 혜성이 우리나라의 상공을 지나갈 것인지는 전혀 알 수 없습니다. 만일 혜성이 우리나라의 상공을 피해간다면 폐하와 우리 백성들에겐 얼마나 다행이겠습니까? 혜성의 출현은 중대한 사건을 예고합니다. 하지만 길조를 나타내는 경우는 거의 없습니다."

"계속해 보시오."

"우리를 걱정시키는 이번 혜성은 상당히 이상한 특징을 지니고 있습니다. 혜성의 머리채가 황금빛이랍니다."

"황금빛 머리채를 지닌 혜성! 정말로 기이하군. 하지만 그 점이 나를 불안하게 만들기보다는 호기심을 자극하는 것 같소."

실제로 메로에의 왕은 언제나 기이한 자연적 현상에 관심이 많았다. 가스파르는 왕립공원에 동물원을 설치하고 고릴라, 얼룩말, 대영양, 따오기, 푸른 땅뱀, 그리고 생글거리는 긴꼬리원숭이를 기르게 했다. 심지어 왕은 일시적으로 체류하는 여행자들이 기회가 닿으면 구해오겠다고 약속한 불사조, 일각수一角

獸, 용, 스핑크스, 반인반마半人半馬 따위를 기다리고 있었다. 왕은 보다 확실하게 해두기 위해 선금까지 지불할 정도였다.

그로부터 얼마 후 가스파르는 수행원들과 함께 바알루크 시장을 돌아다녔다. 그 시장은 다양한 상품과 먼 이국에서 들여온 진귀한 물품으로 유명했다. 왕은 몇 년 동안 메로에를 떠나지 않았던 탓에 모종의 여행을 갈망하고 있었기 때문에 제일 먼저 한 무리의 낙타를 사들였다.

- 티베스티산産의 산악용 낙타들 : 털이 검고 곱슬곱슬하며 지칠 줄 모르지만 고집이 세고 난폭한 낙타
- 바타산産의 화물 수송용 낙타들 : 몸집이 거대하고 육중하며 짧은 베이지색 털이 나 있고 거동이 서툴기 때문에 산지에서는 쓸모가 없지만 늪지에서는 모기나 거머리 따위에 무감각한 낙타
- 호가르산産의 질주용 단봉 낙타들 : 담비처럼 희고 예민하고 빨라서 사냥과 전쟁시 유용한 승용 낙타

가스파르는 노예시장에서 키가 왜소한 피그미 노예 열두 명—적도 지방의 숲에서 생포한—을 사들였다. 왕은 나일강에서 백로사냥을 할 때 그 노예들을 펠러카선에 태워 노를 젓게 할 생각이었다. 왕은 궁전으로 돌아가는 길에 흑인 노예들 한가운

데서 어찌할 바를 모르는 두 개의 황금 반점—처녀와 청년—을 발견하고 깜짝 놀랐다. 그들은 페니키아 사람들이었다. 우윳빛처럼 뽀얀 피부와 호수처럼 파란 눈을 지닌 그들은 어깨 위에서 황금 머리채를 흔들고 있었다.

　가스파르는 깜짝 놀라 걸음을 멈췄다. 왕은 그들 같은 백인을 본 적이 없었기 때문이었다. 왕은 수행하고 있던 시종장에게 돌아서서 물었다.

　"그대는 저 노예들의 체모가 머리칼과 같은 색깔이라고 생각

하오? 아니면 다른 색깔이오?"

시종장이 대답했다.

"소신이 노예 상인에게 그들의 누더기를 들어올리라고 말하겠습니다."

"아니오. 차라리 그 노예들을 사겠소. 그들을 내 동물원에 있는 원숭이 우리에 넣겠소."

그리고 왕은 메로에 궁전으로 되돌아가기 위해 어가御駕로 향했다.

가스파르는 열일곱 명의 궁녀들을 위해 여러 말의 화장용 분과 개인적으로 사용할 한 상자의 가는 막대 향을 구입했다. 실제로 왕이 종교의식을 집행하는 동안이나 수도에서 행차할 때 향로에서 솟아오르는 향기로운 연기의 소용돌이에 둘러싸여 있는 것이 왕을 더욱 그럴 듯하게 보이게 했다. 왕은 향이 엄숙한 분위기를 조성하고 사람들의 마음을 사로잡는다고 여겼다. 바람과 태양처럼 향과 왕위는 잘 어울린다.

가스파르는 궁전 정원—백성들이 출입할 수 있는—에서 산책하고 있었을 때 혜성과 금발 노예들을 까맣게 잊어버린 것 같았다. 백성들은 그들의 왕을 잘 알고 있었고, 왕이 결정적으로 표명한 욕구를 모르는 체하지 않고 존중할 정도로 왕을 사랑했다.

왕은 백성들 중의 한 사람처럼 가장하고 군중 틈에 섞여 지내는 것을 좋아했다.

가스파르는 최근에 구입한 흡혈박쥐 가족을 넣어둔 새장에 다가갔다. 몸집이 거대한 박쥐들은 주로 과일을 먹지만 동물의 피도 빨아먹었다. 과도한 햇빛 때문에 꼼짝 못하게 된 이들 박쥐는 새장 한가운데 세워놓은 나뭇가지에서 회색 누더기처럼 머리를 아래로 늘어뜨렸다.

가스파르와 수행원들은 흡혈박쥐 앞에서 오래 머무르지 않았다. 원숭이 토굴에 몰려든 뜻밖의 수많은 인파가 그들의 시선을 끌었기 때문이었다. 왕은 사람들에게 그런 호기심을 불러일으키는 것이 무엇이냐고 물었다. 시종장은 "폐하의 금발 노예들입니다"라고 대답했고 왕은 즉시 토굴 근처로 갔다. 토굴은 칸막이로 나뉘어져 한 쪽엔 수컷 원숭이, 다른 쪽엔 암컷 원숭이를 키우고 있었다.

구경꾼들에게 흥미와 즐거움을 불러일으킨 것은 수컷 원숭이들 가운데서 온몸에 상처가 나고 실의에 빠진 한 남자와 암컷 원숭이들이 에워싼 가운데 바위틈에서 웅크리고 앉아 있던 한 여자였다. 사람들은 그들에게 수박 껍질과 썩은 석류를 던져주었다. 던진 물건이 '과녁'을 정확히 맞히면 군중은 폭소를 터뜨렸다.

화가 난 가스파르가 물었다.

"누가 저자들을 저곳에 넣으라고 했느냐?"

시종장은 예의상 조금 떨어져 있던 동물원 책임자를 가까이 오게 했다. 그들은 몇 마디를 나누었다.

시종장은 떠듬떠듬 말했다.

"오해가 있었던 듯합니다. 폐하께서 그렇게 명령하신 것으로 알아들었던 모양입니다."

실제로 가스파르는 금발 노예들을 사들이고 그렇게 조치하라고 명령했던 일이 떠올랐다. 왕이 다시 명령했다.

"즉각 저자들을 토굴에서 꺼내라!"

가스파르는 일단 명령을 내리면 그 실행 여부를 거의 확인하지 않았는데 자신의 명령이 충실하게 실행되리라고 확신하기 때문이었다. 하지만 이번엔 이상한 호기심이 그를 사로잡았다. 잠시 후 두 백인이 왕 앞에 끌려왔다. 왕은 여인에게서 시선을 뗄 수 없었다.

그런데 그녀는 얼마나 못생겼는가! 푸른 반점에 군데군데 붉게 물든 창백한 피부, 퇴색한 금발이 어설프게 가려서 불쑥 튀어나온 커다란 두 귀, 지면을 향해 처량하게 늘어뜨린 가늘고 삐쭉 솟은 코. 요컨대 백인 여자의 모습은 흑인 궁녀들의 아름다움과는 정반대였다. 궁녀들은 흑단이나 흑요석으로 조각된 것처럼 피부가 매끄러웠다. 왕은 세상 끝에서 왔고 자기 종족과 무척 다른 그들에게서 동정심과 혐오감을 동시에 느꼈다.

가스파르는 기이한 것이라면 무엇이든 무척 좋아했다. 하지만 가장 아름다운 과일과 동물은 언제나 남쪽지방에서 가져온 것이었다. 언젠가 사람들이 '지중해'라고 부르는 북쪽지방의 차가운 바다에서 온 대상隊商들이 열기나 햇볕이 없이도 익을 수 있다는 유럽산産 과일들—사과, 배, 살구—을 가져왔다. 왕은 혹시나 해서 그 과일들을 맛보았지만 역시 파인애플과 망고 열매 혹은 아프리카 과수원에서 생산되는 대추야자와 비교하면 정말이지 맛이 형편없었다.

그런데 그날 밤 가스파르는 첫 번째 애첩인 카르미나의 침실에 들지 않고 혼자 남쪽 테라스로 갔다. 왕은 원숭이 토굴에서 끌어낸 금발 노예를 잊을 수 없었다. 사실 왕은 그 노예에 대해 아는 바가 전혀 없었다. 이름조차도……

바로 그때 가스파르는 지평선에서 회전하는 것처럼 보이는 황금빛 구체球體를 간신히 알아보았다. 왕은 즉각 바르카 마이를 불러들여 물었다.

"그대가 말한 혜성은 어디에 있소?"

점성술사가 대답했다.

"폐하께서 보고 계신 것이 바로 그 혜성입니다. 소신에게 남아 있는 유일한 희망은 혜성이 궤도를 바꿔서 시시각각으로 우리로부터 멀어지는 것입니다. 이제 혜성이 우리 머리 위로 지나가게 될 것은 거의 분명한 사실입니다. 우리에겐 혜성이 모종의 재난을 일으키지 않도록 기도하는 일이 남아 있을 뿐입니다."

가스파르는 한마디도 하지 않았다. 왕은 짓궂은 군중이 오물을 마구 던지는 바람에 굴욕을 당하고 추하게 된 금발 노예의 모습이 머리에서 떠나지 않는다는 사실을 인정하지 않을 수 없었다. 왕은 처음으로 금발 노예와 황금 머리채를 지닌 혜성을 연관지어 생각했다. 금발 노예와 혜성은 이미 메로에 왕국과 왕의 삶속에 깊숙이 들어와 있었다. 그 여인이 바로 혜성이 일으킨다는 불행이 아닐까?

그런데 측근들이란 언제나 왕을 엄중히 지켜보는 법이다. 가스파르의 측근들도 왕의 기분 변화를 낱낱이 지켜보며 각자 나름대로 해석했다. 질투에 시달린 궁녀들은 그 까닭을 백인 여자 탓으로 돌렸다. 가스파르는 부왕의 총애를 얻은 후 규방장(궁첩

들을 관리하는 우두머리_역주)이 된 칼라하—나이지리아 여인—의 고자질 덕분에 그 사실을 눈치챘다. 실제로 왕의 면전에서 금발 여인의 이름을 처음으로 언급했던 것도 그녀였다. 어느 날 칼라하는 왕에게 이렇게 말했다.

"그 '빌틴'이란 년이 자기 종족을 어떻게 부르는지 아세요? 바로 백인이라고 부릅니다! 그리고 그년이 우리를 뭐라고 부르는지 아세요? 유색인이라고 부릅니다! 얼마나 뻔뻔한 짓입니까! 유색인은 스스로 백인이라고 주장하는 바로 그 작자들입니다. 그들은 하얀 게 아니라 붉으니까요. 돼지처럼 붉어요! 게다가 악취도 풍겨요!"

가스파르는 백인에 대한 흑인들의 그런 선입관을 잘 알고 있었고 또한 공감하고 있었다. 그런데 왕은 최근에 백인 노예에 대한 반감이 어느새 매력으로 바뀌고 있다는 것을 깨닫고는 몹시 당혹스러워했다.

'하지만 그게 사랑이 아닐까? 우리가 역겨운 것이라고 생각하는 것—가령 입술에 키스하는 행위—이 조금씩 감미로운 것으로 변해서 결국엔 빌틴 없이는 살 수 없게 되는 것은 아닐까?

가스파르는 칼라하에게 명령했다.

"그녀를 데려와라!"

칼라하는 깜짝 놀랐지만 지체 없이 명령을 받들지 않으면 안 될 만큼 단호한 어조였다. 칼라하는 당당하고 뻣뻣한 자세로 물러갔다. 하지만 문지방을 넘기 전에 하고 싶은 말을 참지 못한 듯 돌아서서 이렇게 내뱉었다.

"폐하, 그년은 장딴지와 팔뚝에도 솜털이 나 있어요!"

가스파르는 빌틴이 도착하기까지 한참 동안 기다려야 했지만 화가 나지는 않았다. 왕은 '시녀들이 그녀의 몸을 씻기고 머리를 손질하고 옷을 단장하고 있겠지' 하고 생각했다. 그것은 사실이었다. 빌틴이 나타났을 때 원숭이 토굴에서 보았던 불결한 모습은 찾아볼 수 없었다. 빌틴의 피부는 정말로 붉었다. 왕은 칼라하의 비난을 떠올렸다. 하지만 돼지처럼 붉은 게 아니라 장미꽃처럼 붉었다. 그리고 파란 동맥과 황금빛 솜털……

백인 노예와 흑인 왕은 마주 보고 서로 관찰했다. 왕은 자신의 내부에서 이상한 변화가 일어나는 것을 느꼈다. 너무도 빌틴을 뚫어지게 쳐다본 나머지 왕이 보고 있던 것은 빌틴이 아니라 자기자신이었고 빌틴도 그 점을 눈치챘을 것이다. 왕은 '그녀는 너무도 밝고 너무도 빛나서 틀림없이 검은 나를 보았을 거야!' 라고 생각했다. 왕은 자신이 검둥이라는 사실 때문에 처음으로 서글픔과 일종의 부끄러움을 뼈저리게 느꼈다. '그녀는 틀림없이 역청통 속에 빠지느니 차라리 내 품안에 안기는 게 낫다고 생각할 거야!' 왕은 사랑이 깊어지는 동시에 절망이 그의 마음을 괴롭히고 있음을 느꼈다.

빌틴은 왕에게 자신의 이야기를 털어 놓았다. 빌틴과 그녀의 오빠 갈레카는 페니키아의 비블로스(지금의 레바논에 있었던 옛 도시명 _역주) 출신으로 페니키아는 막강한 선원과 선박으로 유명한 자그마한 해양국가였다. 그들이 시칠리아 섬에 있던 부모님을 만나러 가던 중에 타고 있던 배가 누미디아(북아프리카의 옛 왕국_역주) 해적들의 손아귀에 떨어졌고 해적들은 그들을 알렉산드리아 근처의 해변에 하선시킨 다음 무리를 지어 남쪽으로 끌고 갔다.

마침내 가스파르는 젊은 여인을 놀라게 하고 웃게 만든 질문을 하고야 말았다.

"페니키아 사람들은 모두 금발인가?"

빌틴이 대답했다.

"어림도 없어요. 갈색 머리, 짙은 밤색 머리, 밝은 밤색 머리도 있어요. 또 빨간 머리도 있어요."

그러더니 빌틴은 눈살을 찌푸렸다. 마치 새로운 사실을 처음으로 발견한 것처럼. 빌틴은 노예란 짙은 갈색―어쩌면 매우 짙은 갈색—피부에 짧고 곱슬곱슬한 머리칼을 지녔고, 자유인들 가운데 사회적 신분이 높을수록 피부가 더욱 하얗고 머리칼도 더욱 노랗다고 생각하는 것 같았다.

빌틴은 마치 검둥이 왕에게 전하는 이러한 무례한 말투 때문에 금발 노예가 태형이나 말뚝형을 받는 것은 가당치 않다는 듯이 웃었다.

가스파르는 저녁마다 빌틴을 소환했다. 마침내 어느 날 밤 왕은 빌틴을 소유하기로 결심했다. 왕은 그전에 성대한 만찬을 베풀었다. 특선 요리는 암양의 꼬리—양의 비계 덩어리—였다. 메로에의 백성들에겐 이보다 더 맛있는 요리는 없었다. 빌틴은 자신의 주인이자 지배자인 가스파르 왕이 제공한 왕국의 특선 요리를 잔뜩 먹었다. 왕은 빌틴 곁에 있을 때 자신의 검은 손과 눈처럼 하얀 빌틴의 피부를 비교해 보지 않을 수 없었다. 왕은 몹시 침통했다.

그런데 빌틴은? 그녀는 어떻게 느꼈을까? 왕은 곧장 알게 되었다. 갑자기 빌틴은 왕의 품에서 벗어나 테라스 난간으로 달려가더니 정원 쪽으로 몸을 반쯤 숙이고는 딸꾹질을 하며 몸을 비틀어댔다. 이윽고 몹시 창백하고 움푹 패인 얼굴로 되돌아와서는 조용히 누웠다.

빌틴이 간단하게 설명했다.

"암양의 꼬리가 넘어가지 않았나 봐요."

가스파르는 서글프게 그녀를 바라보았다. 왕은 그녀의 말을 믿지 않았다. 왕이 사랑하는 여인을 토하게 만든 것은 암양의 꼬리가 아니었다! 왕은 자리에서 일어나서 슬픔에 짓눌려 한마디 말도 하지 않고 침실로 돌아왔다.

그때부터 가스파르 왕은 타오르는 욕망을 자제하고 거리를 유지하면서 빌틴을 관찰하기 시작했다. 왕은 그녀를 소유하고 싶은 간절한 욕망에 굴복하지 않기 위해서 언제나 빌틴과 그녀의 오빠 갈레카를 함께 불렀다. 그리하여 그들은 겉보기엔 행복한 3인조를 이루었다. 그들은 나일강에서 뱃놀이를 즐겼고 사막에서 영양羚羊사냥을 했으며 춤을 곁들인 대중축제와 낙타경주를 주재했다. 밤에 그들이 궁전의 높은 테라스에서 쉴 때면 빌틴이 기타르(고대 그리스의 현악기_역주)를 켜면서 페니키아 노래를 불렀다.

가스파르 왕은 빌틴과 갈레카를 자세히 관찰한 덕분에 둘 사이의 차이가 조금씩 드러나는 것을 알게 되었다. 왕은 초기엔 그들의 하얀 피부와 금발에 매료되어 그들이 성性만 다른 쌍둥

이처럼 서로 완전히 닮았다고 생각했다. 하지만 익숙해짐에 따라 그들을 좀더 잘 알게 되었고 이따금씩 그들이 주장하는 것처럼 정말로 남매지간인지 의구심이 들었다.

궁녀들은 왕의 총애를 독차지한 빌틴에 대해 분개했고, 궁인들도 마찬가지로 두 명의 불청객을 증오했다. 모든 궁인들은 빌틴과 갈레카를 없앨 기회를 노리고 있었다.

그러던 어느 날 밤 칼라하는 긴급히 왕에게 알현을 요청했다. 가스파르는 잠을 이룰 수 없었기 때문에 알현을 허락했다. 규방장은 즉시 떠들어댔다.

"폐하, 페니키아 노예들은 남매지간이 아니에요! 소인과 폐하가 남매가 아닌 것처럼 말이에요!"

마침내 불행이 닥쳤다고 느낀 가스파르가 물었다.

"네가 그것을 어떻게 알았느냐?"

"폐하께서 믿지 못하신다면 소인과 함께 가보시지요. 폐하께서는 그 자들이 남매처럼 포옹하는 것인지 아니면 남녀간에 결합하는 것인지 아시게 될 것입니다!"

아, 그랬었구나! 가스파르는 자리를 박차고 벌떡 일어나 어깨에 망토를 걸쳤다. 일그러진 왕의 얼굴을 보고 겁에 질린 칼라하는 뒷걸음치며 물러섰다.

"자, 가자! 늙은 암탕나귀야! 함께 가보자고!"

시종들은 그 끔찍한 사건의 심각성을 헤아리지 못하고 신속하게 움직였다. 가스파르가 도착하자 서로 껴안고 있던 연놈들은 소스라치게 놀랐다. 소집된 병사들이 사내를 지하 감방으로 끌고 갔다. 벌거벗은 몸에 오직 긴 머리칼만 남은 빌틴의 육체는 그 어느 때보다도 아름다웠다. 그녀는 쇠창살이 설치된 독방에 갇혔다. 결국 테라스에 혼자 남게 된 왕은 눈물로 가득 찬 두 눈으로 자신의 마음과 피부처럼 새까만 하늘을 바라보았다. 지평선에서 희미한 빛이 꿈틀거리고 있는 것 같았다.

뒤쪽에서 살금살금 걷는 소리가 났다. 누군가가 다가왔다. 왕실 점성술사 바르카였다. 가스파르는 충실하고 명석한 그 늙은 신하를 기꺼이 맞이했다.

"멀어지고 있습니다. 북쪽으로 사라지고 있습니다."

조금 전에 만났던 금발 여인의 모습에 사로잡혀 있던 가스파르는 바르카가 빌틴에 대해 얘기하는 것이라고 생각했다. 잠시 후에야 왕은 충직한 신하가 혜성에 대해 얘기하고 있다는 것을 깨달았다. 그만큼 왕은 오래 전부터 페니키아 노예와 황금빛 머리채를 지닌 혜성을 혼동하고 있었다.

"혜성은 금발 여인들의 나라인 페니키아로 돌아가고 있습니다."

바르카는 우울하게 왕을 바라보았다. 왕이 그 노예를 사랑하다니! 하지만 바르카는 그의 주요 임무인 점성술을 다시 끄집어냈다.

"혜성은 물러가고 있습니다. 하지만 아직은 혜성이 어떤 재난을 일으킬지는 알 수 없습니다. 어쩌면 한 달 후 아니면 일 년 후에 메뚜기 떼가 농작물을 덮치지 않는다면 흑사병이나 끔찍한 가뭄이 메로에를 휩쓸지도 모릅니다."

가스파르가 말했다.

"한 달 혹은 일 년을 기다리는 것은 쓸데없는 일이오. 난 혜성이 불러일으킨 불행을 이미 겪었소. 혜성은 내 마음을 무척 아프게 했소."

그러더니 가스파르는 갑자기 바르카에게 돌아서서 자신의 비탄을 털어 놓았다. 그 금발 여인은 처음엔 괴물처럼 혐오감을 주었으나 이윽고 그를 매료시켰고 결국엔 그녀 없이는 지낼 수 없었다. 그것은 마약 같았다. 최악은 왕이 이제는 타인의 눈—백인의 눈—으로 자신의 백성들을 바라본다는 것이었다! 왕은 흑인의 특성을 발견했다. 왕은 흑인의 특성을 좋아하지 않았고 자기자신도 좋아하지 않게 되었다.

왕의 고백을 들은 바르카는 한참 동안 침묵을 지켰다. 왕의 속내 이야기를 감당해야 하는 그의 책임은 얼마나 무겁겠는가! 그때 지평선에서 반짝이던 혜성은 사라졌다. 하늘은 혜성이 지나간 후 사막처럼 텅 비어 보였다. 이윽고 바르카는 왕에게 한 마디, 단 한마디를 고했다.

"폐하, 떠나십시오!"

"나보고 떠나라고 했소?"

"폐하께서 소신에게 고통을 토로하셨으니 그렇게 권하는 것입니다. 흐르지 않고 고여 있는 물은 짭짤하고 더러워지는 법입니다. 반대로 졸졸 흘러 생기가 넘치는 물은 깨끗하고 맑은 법입니다. 마찬가지로 한 곳에 틀어박혀 사는 사람의 영혼은 한없이 되씹는 불평이 들끓는 단지와 같습니다. 여행자의 영혼에서는 새로운 생각들과 뜻밖의 행동들이 신선한 물처럼 솟아나옵니다. 떠나십시오! 폐하의 인생을 뒤엎은 황금빛 머리채를 지닌 혜성이 또한 폐하께 치료법을 가져다줄 것입니다. 저 혜성을 따라가십시오. 백인들의 나라를 둘러보십시오. 그 금발 노예들이 지중해라고 부르는 차가운 잿빛 바다까지 올라가십시오. 그래서 고통을 치유하고 즐거운 마음으로 되돌아오십시오!"

메로에를 떠나기 위해 가스파르는 의무적인 관습에 따라 화려한 어가御駕에 올랐다. 어가는 금실로 수놓은 빨간 양모로 덮였고 높게 세워진 나무 깃대에서는 타조 깃털로 장식된 푸른 깃발들이 펄럭였다. 대궐 정문에서부터 마지막 종려나무가 있는 곳—거기부터는 사막이다—까지 늘어선 메로에 백성들은 사랑하는 왕의 출발을 환호하기도 했고 슬퍼하기도 했다. 그것은 왕이 회피할 수 없는 궁전 예법이었다. 하지만 첫 야영지에서부터

가스파르는 코끼리처럼 덩치가 큰 단봉 낙타 등에 고정시킨 화려한 어가를 해체시키고 영양처럼 날씬하고 민첩한 젊은 암낙타 등에 가벼운 안장을 얹고 올라탔다. 암낙타의 부드러운 *측대보側對步는 상처 입은 그의 마음을 부드럽게 달래주었고, 사막의 뜨거운 태양은 머릿속의 우울한 생각들을 일소했다.

날마다 그들은 파피루스에 둘러싸인 나일강 기슭을 따라 내려갔다. 파피루스는 바람결을 따라 서로 애무하며 비단처럼 부드럽게 살랑거렸다. 그들은 마침내 테베에 도착했다. 가스파르는 벌써 상당수의 백인들과 마주쳤다. 아직은 백인들이 흑인 무리 속에서 밝은 반점을 이루고 있었다. 하지만 왕은 북쪽으로

---

*측대보側對步: 대부분의 가축은 대각선으로 걷는다. 오른쪽 뒷다리와 왼쪽 앞다리가 동시에 앞으로 나가고 이어서 왼쪽 뒷다리와 오른쪽 앞다리가 동시에 앞으로 나가는 것이다. 말, 소, 개, 고양이 등은 이처럼 대각선으로 걷는다. 반대로 많은 야생동물들은 측대보로 걷는다. 즉, 오른쪽 뒷다리와 오른쪽 앞다리가 동시에 앞으로 나가고 이어서 왼쪽 뒷다리와 왼쪽 앞다리가 동시에 앞으로 나간다. 늑대, 코끼리, 기린, 사자, 호랑이, 낙타, 곰 등은 이처럼 측대보로 걷는다. 측대보는 규칙적으로 좌우로 흔들리는 걸음걸이다. 동물이 이동할 때 오른쪽 두 다리가 동시에 앞으로 나가면 짐승의 온몸이 왼쪽으로 쏠리고, 그 다음에 왼쪽 두 다리가 동시에 앞으로 나가면 몸 전체가 오른쪽으로 쏠리기 때문이다.

가면 갈수록 흑인들이 백인 무리 속에서 검은 반점을 이루게 될 것이라고 생각했다.

그들은 룩소르(나일강 동안의 도시, 아멘호테프 3세가 건립한 룩소르 신전이 있음_역주)에서 양손을 무릎 위에 얹고 다소곳이 앉아 있는 멤논의 두 거상(아멘호테프 3세의 거상_역주) 아래서 하룻밤을 보냈다. 가스파르는 어머니 오로르가 아침에 따뜻한 햇살로 애무하면 이들 두 거상이 어린이처럼 즐겁게 재잘거리는 소리를 낸다는 전설을 확인할 수 있었다.

이윽고 그들은 열한 척의 범선을 세내어 타고 홍해를 건너야 했다. 일주일 간 지속된 순조로운 항해 덕분에 모두 충분한 휴식을 취할 수 있었다. 특히 낙타들은 화물칸의 그늘 속에서 싫증이 나도록 먹고 마시어 육봉이 볼록해졌다.

그들이 하선한 엘라트에서 예루살렘까지는 도보로 2~3일 정도 소요되는 거리였다. 하지만 가스파르 일행은 매우 중대하고 우연한 만남 때문에 헤브론에서 지체하게 되었다. 헤브론은 올리브나무와 석류나무 그리고 무화과나무가 심어진 세 곳의 푸른 언덕 위에 자리잡은 보잘 것 없는 마을에 지나지 않았다. 하지만 헤브론은 아담과 이브가 에덴 동산에서 쫓겨난 뒤 은신한 곳으로 알려진 곳이었고 따라서 헤브론은 세상에서 가장 오래

된 도시였다.

가스파르가 기념할 만한 유적지를 탐방하기 위해 헤브론에 야영을 설치하려고 마음먹고 있었을 때 정찰병들은 동쪽에서 온 어떤 행렬이 불과 몇 시간 전에 이 마을을 지나갔다고 보고 했다. 왕은 그 이방인들의 신분과 여행 목적을 파악하기 위해 즉시 공식사자를 파견했다. 사자의 보고에 의하면 그들은 칼데 아 지방에 있는 니푸르 공국의 왕인 발타자르 4세의 일행이었 고, 니푸르의 왕이 가스파르 왕을 환영하고 저녁식사에 초대하 고 싶다고 전했다.

발타자르 왕의 야영은 깜짝 놀랄 만큼 화려했다. 상냥하고 세 련된 노인이자 뛰어난 예술 애호가인 발타자르 왕의 모습은 왜 여행이 궁전의 안락한 생활을 박탈하는 것이냐고 반문하는 것 같았다. 그만큼 장식융단, 식기, 모피, 향수 등 화려한 의장을 갖 추고 또한 화가, 소묘 화가, 조각가, 음악가 등을 대동하고 여행 했다.

가스파르 일행은 발타자르의 야영지에 도착하자마자 숙달된 아가씨들의 시중을 받으며 목욕을 하고 머리를 손질하며 향수 를 발랐다. 가스파르는 아가씨들의 몸매를 관심 있게 바라보지 않을 수 없었다. 누군가가 나중에 그 아가씨들은 모두 멀리 떨어진 신비로운 히르카니아 출신인 말비나 왕비와 같은 종족이라고 말해 주었다. 발타자르는 왕비에 대한 세심한 경의의 표시로 그녀들을 모두 불러서 니푸르 궁전의 시녀로 삼았다. 히르카니아 아가씨들은 매우 하얀 피부와 흑옥처럼 까맣고 숱이 많은 머리칼 그리고 까만 머리칼과 매혹적으로 대비를 이루는 맑고 푸른 눈을 가졌다.

불행한 연애 사건으로 그런 세밀한 부분까지 몹시 신경을 쓰게 된 가스파르는 몸치장을 해주는 동안 내내 그녀들을 유심히 살펴보았다. 그는 히르카니아 아가씨들을 흑인 궁녀들과 금발 빌틴과 끊임없이 비교했다. 하지만 처음에 느낀 놀라움이 사라지자 곧 그처럼 아름다운 모습에도 흠이 없지는 않다고 판단했다. 분명히 우윳빛처럼 하얀 피부와 까맣고 풍성한 머리는 매우 예뻤지만, 그 대조는 서로 어울리지 않았다. 그는 입술 위에서 거무스름한 솜털을 발견하고는 흑인 여자와 금발 여자는 적어도 살색과 체모가 일치하기 때문에 더욱 매력적이라고 결론지었다.

다음 날 두 왕은 함께 아담과 이브 그리고 아브라함의 무덤이 있는 막펠라 동굴을 방문했다. 그들은 에덴 동산의 최후의 나무로 간주되는 거대한 테레빈나무의 밑둥을 어루만졌다. 그들은 카인이 동생 아벨을 살해했다는 가시나무 밭 공터에 갔다. 하지만 그들의 관심을 가장 많이 끌었던 것은 산사나무 울타리가 쳐지고 새로 파서 엎은 밭이었다. 야훼께서는 이 밭에서 아담을 빚고 코에 생기를 불어넣었다.

발타자르는 몸을 숙이고 그 거룩한 흙을 한줌 집어들더니 손을 펴고 한동안 물끄러미 바라보았다. 그는 가스파르를 바라보고 흑인 왕의 얼굴과 손바닥의 흙을 비교했다.

"'아담'이란 단어가 히브리어로 무엇을 뜻하는지 아십니까? 그것은 '황토terre ocre'를 의미합니다. 이 흙은 실제로 황갈색(혹은 황적색)입니다. 황갈색인지 갈색인지 아니면 붉은색인지 검은색인지 정확히 말씀드릴 수는 없습니다만 분명한 것은 이 흙의 빛깔이 당신의 피부와 완전히 같은 색깔이란 점입니다."

'그러니까 최초의 인간이 흑인이었다는 점을 인정하는 것이 합당한 것일까? 흑인 아담? 결국 안 될 이유도 없지 않은가? 하지만 얼마나 기이한가? 놀랍기는 하지만 거부감 없이 흑인 아담을 받아들일 수는 있어도 흑인 이브는 받아들일 수 없는 노릇이다.'

발타자르는 손가락 사이로 황갈색 흙을 흘려 내리면서 잠시 침묵했다. 이윽고 두 손을 비볐다. 그리고 이렇게 덧붙였다.

"꼭 그렇다는 것은 아닙니다. 난 백인 이브 말고는 상상조차 할 수 없습니다. 금발에 파란 눈을 가진 이브."

오직 빌틴만을 생각하고 있던 가스파르가 덧붙였다.

"건방지게 생긴 코, 어린애처럼 얇은 입술, 황금빛 솜털이 반짝거리는 팔뚝……"

어쨌든 흑인 아담—최초의 흑인—에 대한 추론 덕분에 가스파르는 아주 오래 전부터, 말하자면 혜성이 그의 인생을 황폐시킨 이후로 느끼지 못했던 자부심과 기쁨을 만끽하게 되었다.

다음 다음날 뒤섞인 두 행렬—백인과 흑인, 말과 낙타—은 예루살렘에 입성했다. 그곳에서 그들은 팔미렌에서 온 멜쉬오르라는 왕자를 만나게 되었다. 멜쉬오르는 옛 가정교사와 함께 도보로 여행했다. 그는 부왕의 승하로 계승한 왕좌를 숙부에게 빼앗기고 쫓기는 몸이었고 숙부는 그를 죽이기 위해 뒤쫓고 있었다. 발타자르는 왕국 없는 그 어린 왕을 받아들여서 시동들 사이에 숨겨주기로 결심했다.

예루살렘은 유대인들의 왕인 헤로데 대왕의 수도였다. 두 채의 웅장한 건물이 우뚝 솟아 있었다. 하나는 헤로데 궁전이었고

다른 하나는 마무리 작업을 하고 있던 새로운 성전이었다. 30년 전부터 중동 아시아 전역은 헤로데의 악행과 위업, 그의 희생자들의 울음소리와 승리의 나팔소리로 뒤흔들렸다. 화려하고 장엄한 궁전과 성전은 그의 명성에 걸맞았다.

가스파르 왕과 발타자르 왕 그리고 멜쉬오르 왕자는 그처럼 웅장한 계단, 여러 층의 테라스, 대리석 주랑柱廊, 망루와 둥근 지붕을 한 번도 본 적이 없었다. 병사들, 하인들, 사제들, 그리고 예술가들이 거주하는 궁전과 성전은 정말로 도시 안의 또 다른 한 도시였다. 성전을 신축하기 위해 1만 8천 명의 노동자들이 동원됐다.

헤로데는 매우 먼 곳에서 찾아온 손님들을 융숭하게 대접했다. 그는 손님들에게 숙소를 제공했고 격식에 어울리는 화려한 향연을 베풀었으며 사적인 알현을 허락했다. 그들은 곧 헤로데가 광대한 비밀 정보원 조직을 운용하고 있고 그들이 유대에 오게 된 동기에 대해 모르는 것이 전혀 없다는 것을 알게 되었다. 물론 헤로데도 혜성을 관찰했고 혜성에 대해 점성술사들과 신학자들에게 문의했다. 헤로데는 그들에게 혜성이 예루살렘에서 하루면 닿을 수 있는 마을인 베들레헴에서 유대인들의 왕이 될 신성한 아기가 태어날 것을 예고했다고 알려주었다. 헤로데는 그들에게 베들레헴에 가도록 권했지만 되돌아와서 방문 결과를 보고해 달라고 요구했고 그 마지막 요구 속에는 음험한 위협과 같은 것이 있었다.

물론 헤로데는 가스파르의 불행한 체험과 빌틴의 배신을 알고 있었다. 헤로데는 개별 면담 동안에 가스파르와 사랑에 대해 이야기를 나누었는데 그의 이야기는 흑인 왕에게 깊은 인상을 주었다. 유대 왕은 젊은 시절에 결코 잊을 수 없는 비극적인 사랑을 체험했다. 헤로데가 유일하게 사랑했던 첫째 부인 마리암이 그를 우롱한 것이었다. 설상가상으로 헤로데가 아우구스투스를 알현하기 위해 로마에 갔을 때 마리암은 그녀의 정부인 알렉산드리아의 사령관 소엠과 함께 유대를 통치하기 위해 헤로데를 암살하려고 음모를 꾸몄던 것이다.

그 치욕스런 사건이 터지자 헤로데는 마리암을 법정에 세우지 않을 수 없었고 그녀는 사형선고를 받고 교살되었다. 헤로데는 너무도 슬퍼서 자살할 생각까지 했으며 최대한 오랫동안 자기 곁에 보관하기 위해 석관에 꿀을 가득 채운 후 사랑하는 마리암의 시신을 담그게 했다. 지금도 그는 눈물을 쏟지 않고는 오래 전에 있었던 그 사건을 떠올릴 수 없었다.

가스파르는 그 끔찍한 속내 이야기를 가슴아프게 들었다. 그러니까 사랑이 감미로움과 다정함의 원천이 되기는커녕 그처럼 잔혹한 유혈과 고통을 유발할 수도 있단 말인가? 그는 헤로데가 복수했던 것처럼 빌틴과 갈레카를 죽였어야 했을까? 하지만 두 가지 새로운 관심거리가 그에게 용기를 주었고 사랑의 슬픔으로부터 벗어나게 해주었다. 첫째는 헤브론에서 자신의 피부에 대해 좋은 인식을 심어주기 시작한 흑인 아담의 발견이었다. 둘째는 ‘베들레헴에서 어떤 일이 일어날 것인가? 옛날에 다윗 왕이 태어난 요람이었기 때문에 이미 유명한 그 마을에서 무엇을 발견할 것인가? 라는 커다란 희망의 빛이었다.

　두 행렬은 다시 출발했다. 시온(예루살렘 동쪽의 산 이름. 신이 조상 모세에게 정해준 땅이라는 의미_역주)의 깊은 계곡으로 깊숙이 내려갔다가 ‘모베 콩세이유‘(나쁜 충고를 의미하는 불어_역주) 산의 가파른 능선을 기어올라갔다. 두 왕과 왕좌를 잃은 왕자는 아직도 장엄한 헤로데의 궁전과 성전에 눈부셨고 그의 궁전에서 들었던 이야기가 귓가에서 쩌렁쩌렁 울렸다. 하지만 그들은 커다란 희망에 도취되어 있었다. 그들은 하늘에 다시 나타난 혜성의 안내에 따라 성스러운 마을에서 어떤 일이 일어날 것인지 기대하면서 걸었다.

나중에 가스파르 왕은 자신처럼 모두 곱슬곱슬하고 까만 머리칼을 가진 자신의 아이들, 손자들, 증손자들에게 이렇게 얘기해줄 생각이었다.

"우리가 베들레헴에서 무엇을 발견했냐고? 우리는 헤로데를 만난 후에 예루살렘의 궁전보다 더욱 웅장한 궁전, 헤로데보다 훨씬 더 강력한 왕을 막연하게 생각하고 있었지. 그런데 정반대였단다. 아기 예수님은 목동들, 장인들, 황소, 그리고 당나귀와 함께 비참한 외양간에 계셨단다."

"그 사람들은 모두 흑인이었나요?"

"어림도 없는 일이지! 백인들이었지. 우리 메로에 흑인들이 이방인처럼 느껴질 정도로 백인들뿐이었어. 실제로 우리 모두는 아기가 팔다리를 흔들고 있던 짚 요람을 에워싸고 있었어. 그 아기가 유대인들의 새로운 왕이었을까? 혜성은 외양간 지붕 위까지 빛줄기를 보내어 그게 사실이라고 증명해주었어.

우리는 아기 예수께 경의를 표하기 위해 차례대로 한 사람씩 들어갔단다. 난 바알루크 시장에서 샀던 막대 향 상자를 바치고 싶었지. 난 앞으로 나가서 무릎을 꿇고 내 손가락을 내 입술에 대고 그 입맞춤을 아기 예수께 보냈지. 그때 기적과 같은 놀라운 일이 일어났단다. 그때부터 그 추억은 끊임없이 내 안에서 빛나고 내 마음을 뜨겁게 해주었단다. 내가 구유 위로 몸을 숙였을 때 무엇을 보았을까? 그것은 곱슬곱슬한 머리칼과 앙증맞고 납작한 코를 지닌 새까만 아기, 간단히 말해서 내가 사랑하는 아프리카 아이들을 꼭 닮은 아기였단다!'

"흑인 아담 후에 흑인 예수!"

"하지만 아기의 부모인 마리아와 요셉은요?"

가스파르가 단언했다.

"백인이지! 분명하게 말하지만 발타자르, 멜쉬오르, 그리고 누구처럼 백인이었지."

늙은 왕의 이야기를 잘 알고 있던 한 아이가 덧붙였다.

"빌틴처럼 백인이란 말이지요?"

"그러면 백인 부모에게서 태어난 흑인 아기의 기적을 보면서 다른 사람들은 뭐라고 했어요?"

"그들은 아무 말도 하지 않았지. 나는 그들을 약올리지 않기 위해 신중하게 내가 구유에서 보았던 흑인 아기를 전혀 암시하지 않았던 거야. 사실 난 그들이 그 아기를 눈여겨 살펴보았는지 의문이야. 그때 외양간이 약간 어두웠거든. 아마도 예수가 흑인이란 걸 알아본 사람은 나 혼자일 거야."

가스파르는 그 놀라운 사랑의 교훈을 회상하듯 침묵했다. 흑인 왕은 금발 여인의 마력으로 사랑에 빠졌지만 베들레헴의 기적 덕분에 자기자신과는 물론이고 백성들과도 화해해서 영원히 완쾌되었다.

예술에 빠진 왕

니푸르의 왕 발타자르

옛날 옛날에 바빌로니아에 '니푸르'라는 작은 왕국이 있었는데 왕세자의 이름은 발타자르였다. 그런데 이 젊은이는 말, 과자, 무기, 황금, 여자 따위엔 별로 관심이 없었다. 발타자르 왕자가 정열적으로 좋아하는 것은 예술작품, 특히 데생, 그림, 조각이었다.

　이웃나라의 왕들과 왕자들은 오직 사냥과 전쟁 그리고 정복만을 생각했는데, 발타자르는 오직 훌륭한 예술품의 수집, 당대의 가장 위대한 예술가들의 모집 그리고 평화만을 꿈꾸었다. 왕자는 재미삼아 몇 번 연습을 해보았지만 장차 왕이 되어야 했기 때문에 자신이 결코 소묘화가도, 화가도, 조각가도 될 수 없다는 사실을 재빨리 깨닫고 나중에 가장 아름다운 예술품을 수집하고 가장 뛰어난 예술가들을 불러들이는 것이 더 낫겠다고 생각했다.

어느 날 아침 발타자르 왕자는 발코니에서 지난밤의 추위로 마비된 몸을 천천히 풀고 있던 알롱달롱한 멋진 나비를 발견했다. 나비는 엷은 보라색과 파란색이 뒤섞인 커다란 날개를 천천히 파닥거리면서 잔걸음으로 나아가고 있었다. 왕자가 앞에 손가락을 내려놓자 나비는 기어올라왔다. 이윽고 날개의 움직임이 빨라지고 왕자가 손을 높이 들자 나비는 잠시 우왕좌왕하더니 티그리스강의 한 지류가 흐르고 있던 계곡을 향해 날아갔다.

발타자르는 무성한 푸른 초목이 안개 속에 가려진 그 계곡을 끝없이 동경했다. 그 이유를 정확히 알 수는 없었지만 언젠가는 직접 보고 발견하며 배우기 위해 그 계곡에 혼자 내려갈 계획을 꾸몄다. 그전에 그는 제작을 맡은 시종을 불러서 도면을 주고 이상한 기구를 만들라고 명령했다. 그것은 등나무 막대기 끝에 금속을 둥글게 매달고 거기에다가 그물눈이 큰 천으로 만든 일종의 모자를 씌우는 것이었다. 발타자르 왕자는 그렇게 해서 나비채를 발명했다. 어느 날 아침 그는 귀엽고 우스꽝스런 나비채를 들고 나비들의 계곡을 향해 달려갔다.

왕자는 콧노래를 부르며 바위에서 바위로 뛰었고 시냇물을 건넜으며 키 큰 꽃들이 뺨을 애무하는 초원을 가로질러 달렸다. 선조들이 험상스러운 요새를 건설해 놓은 산에서 멀어질수록 분위기는 더욱 부드러워졌고 경치는 더욱 아름다워 보였으며 머리 주위에서 펄럭거리며 날고 있는 나비들도 더욱 많아졌다. 왕자는 나비들을 생포하려고 서두르지 않았다. 나비들이 모두 한 지점—유칼리나무 숲—에서 날아온 것 같았기 때문이었다. 유칼리나무 밑에서 가벼운 연기로 뒤덮인 몇 채의 지붕이 보였다. 말하자면 일종의 농가가 그곳에 가려져 있었고 어린 왕자는 그 농가에서 나비들의 비밀을 발견할 수 있을 것 같았다.

실제로 그것은 농가였고 여러 굴뚝 가운데 한 곳에서 솟아오르고 있던 구름은 연기가 아니라—멀리서 보면 연기라고 믿을 수도 있겠지만—모두 똑같이 밝은 회색—거의 반투명한—을 띤 어린 나비 떼였다.

종려나무 잎을 덮은 세 채의 오두막집이 에워싼 안뜰에 들어서자 개 한 마리가 그를 보며 짖으면서 달려들었다. 집주인이 나왔는데 그는 키가 컸고 말랐으며 긴소매가 달린 헐렁한 노란 옷을 걸치고 있었다. 그가 발타자르에게 손을 내밀었다. 그런데 알고 보니 인사하려는 것이 아니라 나비채를 빼앗기 위해서 손을 내민 것이었다. 발타자르는 자신의 신분을 밝히고 오늘 아침에 니푸르 궁전을 떠나왔다고 말하자 집주인도 자신을 소개했다. 나비 박사 마알레크, 그는 자신의 직함을 입증하려는 듯이 어린 왕자를 그의 이상한 영역으로 안내했다.

첫 번째 오두막집은 애벌레들의 집이었다. 애벌레들은 잎이 무성한 잔가지에 수천 마리씩 붙어 있었고, 잎을 먹으면서 내는 소리—귀를 멍멍하게 하는 사각거리는 소리—가 오두막집의 대기를 가득 채우고 있었다. 뱀처럼 매끈한 애벌레, 곰 같은 털북숭이 애벌레, 갈색 애벌레, 초록빛 애벌레, 황금빛 애벌레 등 온갖 종류의 애벌레들이 있었다. 하지만 모든 애벌레들은 열두 개의 고리 마디로 이루어졌고 끝마디에는 엄청난 턱을 가진 둥근 머리가 달려 있었다.

이윽고 마알레크는 왕자를 두 번째 오두막집으로 데려갔다. 고치들의 집이었다. 이곳은 어떤 움직임도 소리도 없었고 비단 껍질로 싸여 있는 이상한 작은 열매들—고치—이 바싹 마른 잔가지에 다닥다닥 붙어 있었다.

마알레크가 설명해 주었다.

"고치 안에는 생명체가 숨어 있습니다. 번데기는 고치 속에서 변신 작업에 몰두하지요. 이윽고 변신을 끝내면 나비가 고치 꼭대기를 쏠고 밖으로 나옵니다. 여전히 축축하고 주름진 날개를 바르르 떨면서 말입니다."

마지막으로 마알레크는 왕자를 짙은 송진 냄새가 떠도는 작

은 진열실로 안내했다. 마알레크가 영원히 간직하고 싶은 나비들을 전시한 곳이었다. 그는 몰약을 바른 막대기 끝에 불을 붙여 용기 속에 넣어 나비들을 마비시켰다. 몰약은 고대 이집트인들이 시신을 방부 처리해서 미라를 만드는 데 사용한 일종의 송진이었다. 마알레크는 기념으로 발타자르에게 몰약 한 덩어리를 주었다. 그것은 약간 미끄럽고 매우 향기로운 불그스름한 비누를 닮았다.

　벽마다 수정유리 상자 속에 전시된 수천 마리의 나비들로 뒤덮여 있었다. 온갖 크기와 형태 그리고 색깔의 나비들이 있었는데 발타자르를 가장 열광시킨 나비는 안쪽 날개에서 빠져 나온 가늘고 구부러진 '칼'을 지닌 나비였다. 그런데 그 나비의 앞가슴에는 주로 기하학적인 방패꼴 무늬나 이따금씩 사람의 머리 같은 무늬가 있었다. 마알레크는 이들 나비를 '깃발을 든 기사'—혹은 기수—라고 불렀다.

마알레크는 그 중 한 마리를 집어들더니 가슴에 그려진 것이 왕자의 초상화라고 단언한 후 선사했다. 그리고 그 나비에게 '깃발을 든 발타자르 기사'라는 이름을 붙여주었다.

다음 날 왕자는 니푸르로 되돌아가기 위해 길을 나섰다. 왕자는 마알레크에게 나비채를 남겨 놓았지만 '깃발을 든 발타자르 기사'가 날개를 펼친 채 들어 있는 작은 상자를 가슴에 꼭 안았다. 그는 또한 이집트 망자들과 아름다운 나비들이 영원히 존재할 수 있게 한 몰약 덩어리를 호주머니에 넣고 왔다.

발타자르는 부모님을 걱정시킨 뜻밖의 가출 사건 때문에 야단을 맞았다. 왕자는 또한 이번 기회에 형상—특히 초상화—을 금하는 니푸르 왕국의 율법이 얼마나 엄격한 것인지 실감하지 않을 수 없었다. 왕자는 매우 경솔하게도 마주치는 사람들에게 곤충의 앞가슴에 새겨진 것이 자신의 초상화라고 자랑하면서 아름다운 나비를 보여주었다. 왕자는 몇몇 독실한 사람들이 그

말을 듣고 인상을 찌푸리는 것을 거들떠보지도 않았다.

　하지만 어느 날 왕자는 방으로 들어가면서 테라스 포석 위에서 박살난 유리상자와 '깃발을 든 발타자르 기사'를 발견했다. 돌이나 철퇴鐵槌로 짓이겨진 것 같았다. 그가 고함을 지르고 항의를 했지만 모두들 귀먹은 듯이 가만히 있었다. 그는 '셰다드'라는 광신적인 젊은 보좌사제를 의심했지만 그 야만적인 행위를 저지른 장본인을 전혀 밝혀낼 수 없었다.

　그로부터 얼마 후, 발타자르는 부왕으로부터 예술품이 가장 풍부한 이웃나라들을 여행해도 좋다는 허락을 받았다. 그리하여 왕자는 이집트의 피라미드와 스핑크스, 그리스의 파르테논 신전, 카르타고의 모자이크 예술품, 칼데아의 장식융단, 헤르쿨라눔(나폴리 남동쪽에 위치한 현재의 에르콜라노_역주)의 벽화를 보았다. 그는 여행 중에 수집한 수많은 기념품을 가져왔다. 특히 인생에서 아름다움과 그것을 찬양하는 예술작품보다 더 중요한 것은 전혀 없을 것이라고 확신하면서 귀국했다.

　왕자가 열여덟 살이 되던 해 어느 날 부왕은 그의 계획에 대해 물었다. 발타자르에게는 왕위계승이 예정되어 있었지만 분명히 서둘러야 할 일은 전혀 없었다. 하지만 왕이 되려면 결혼을 해야 했고 각종 공식행사 시 왕비가 곁에 있는 게 당연했다. 약혼과 결혼 문제가 불시에 대두되었지만 왕자는 초상화나 조각상의 여자 이외는 관심이 전혀 없었다. 그런데 운명이 바로 그 수단을 통해 그를 결혼으로 이끌 참이었다.

티그리스강 상류에서 계곡을 건너온 대상隊商들은 니푸르 시장에 보석, 벽지, 수놓은 옷 따위를 풀어 놓았다. 발타자르는 평소 습관대로 시장에 달려가서 사막과 동양의 냄새를 물씬 풍기는 골동품 가운데 마음에 드는 물건을 골랐다.

그러던 어느 날 초상화가 그려진 구식 거울 하나를 발견했다. 숱이 많은 까만 머리칼이 이마와 어깨 위로 흘러내리고 몹시 창백한 얼굴에 파란 눈을 가진 처녀의 초상이었다. 그녀는 매우 어린 것 같은데 약간 토라진 듯이 심각한 표정을 짓고 있었다.

발타자르는 그녀에 대해 아는 바가 전혀 없었다. 어쩌면 그녀는 백년 전에 태어나지 않았을까? 어쩌면 그녀는 실존 인물이 아닐지도 몰랐다. 하지만 신원을 알 수 없기에 초상화의 우울한 얼굴은 한층 더 신비와 매력을 발휘했다.

그로부터 얼마 후 부왕은 아들의 방에 불쑥 나타났다. 부왕은 초상화 거울을 발견하고 그 아가씨가 누구냐고 물었다.

"제가 사랑하고 결혼하고 싶은 아가씨입니다."

발타자르는 순간적으로 떠오른 그 생각에 자신도 깜짝 놀랐다. 하지만 왕자는 이어서 그 여자의 이름도, 출신도, 그리고 나이조차도 모른다고 고백해야 했다. 왕은 어깨를 으쓱하더니 문쪽으로 향했다. 그러다가 무슨 생각을 했는지 그에게 되돌아와서 물었다.

"그 초상화를 사흘 동안만 빌려주겠느냐?"

사흘 후 왕은 손에 거울을 들고 발타자르의 방에 다시 나타났다.

"자, 받아라. 이 처녀의 이름은 '말비나'란다. 히르카니아 왕궁에 머물고 있지. 그 처녀는 히르카니아 왕의 먼 조카뻘 되는 모양이다. 나이는 열여덟 살이란다. 내가 너 대신에 청혼을 해주련?"

왕은 거울에 그려진 아가씨의 신분을 확인하기 위해 북쪽과 북동쪽에서 온 대상들 틈에 조사단을 보냈다. 발타자르는 그 결혼 계획을 기쁘게 받아들였다.

석 달 후 발타자르와 말비나는 니푸르의 혼례의식에 따라 얼굴을 베일로 가린 채 대면했다. 그는 뜨거운 호기심을 가지고 떨리는 손으로 신부 얼굴의 베일을 벗기는 순간을 기대했다. 그녀의 얼굴은 그가 사랑하는 초상화와 닮았을까?

그런데 왕자의 감정이 매우 이상한 것임을 인정하지 않을 수 없었다. 다른 젊은이들은 한 여자를 사랑하게 되면 그녀를 닮은 초상화를 가져갔다. 그런데 왕자가 사랑하는 것은 초상화였고 신부가 그 초상화를 닮았으면 하고 기대하고 있었으니!

왕자는 실망하지는 않았다. 말비나는 초상화처럼 아름다웠고 더구나 발타자르는 밤낮으로 그 점을 평가할 수 있었다. 초상화 거울이 부부용 침실 벽에 잘 걸려 있었으니까.

처음에는 모든 일이 더할 나위 없이 잘 풀렸다. 하지만 세월이 흐름에 따라서 말비나는 가냘픈 아가씨에서 아름다움이 활짝 핀 중년부인으로 변했다. 그녀는 우아하고 우울한 초상화의 모습─바라볼 때마다 발타자르의 가슴을 뜨겁게 해주었던 초상화─을 점점 잃어갔다.

큰딸 미란다가 일곱 살 때였다. 어느 날 아침 딸아이는 부모님 침실에 갔다. 아이는 초상화 거울을 손가락으로 가리키면서 누구냐고 물었다. 제 엄마를 몰라보다니!

아빠가 말했다.

"잘 보렴. 네가 아는 사람이란다."

딸아이는 검은 머리채를 흔들면서 고집스럽게 침묵을 지켰다. 그 침묵은 아이의 어머니에게는 모욕적인 것이었고 발타자르를 슬픔으로 짓눌렀다. 발타자르는 부인의 변화에 대해 조금은 의구심을 가졌지만 딸아이의 노골적인 솔직함이 그마저 제거해버렸다. 그때 발타자르는 어린 티가 나지만 근엄하고 또한 약간 뿌루퉁한 딸아이의 얼굴과 거울에 그려진 초상화 사이의 명백한 닮은꼴에 벼락맞은 듯 깜짝 놀랐다. 물론 해가 지날수록 닮은꼴은 더욱 두드러질 터였다.

"자, 그건 너란다. 네가 좀더 크게 될 때의 네 모습이란다. 그러니 그 그림을 가져가거라. 네게 주마. 이 방에 그것을 놓을 만한 자리가 없으니까. 그걸 침대 머리맡에 걸어 두거라. 그리고 매일 아침 바라보고 "안녕, 미란다!" 하고 말하렴. 그러면 네 모습은 그 그림과 나날이 닮게 될 거야."

발타자르는 그 초상화를 딸아이의 눈앞에 놓았다. 딸아이는 온순하게 머리를 숙이고 속삭였다. "안녕, 미란다!" 그리고 그 초상화를 팔 밑에 끼고는 도망치듯 나갔다.

그렇게 해서 발타자르는 불길하게 된 그 물건을 치우게 되었다. 그 초상화는 아내로부터 그를 떼어 놓을 뿐만 아니라 이제

는 그로 하여금 자신의 딸을 사랑하도록 만들겠다고 위협하고
있었기 때문이었다.

세월이 흘러 부왕이 죽자 발타자르는 왕위를 계승했다. 그는
먼저 평화와 번영의 관점에서 왕국의 모든 업무를 해결하는 데
전념했다. 주요 난제를 해결한 후 비로소 일련의 탐험을 시도했
는데 탐험의 목적은 이웃나라들의 풍요로운 예술품을 이해하
는 것이었다. 물론 그는 방문하고 경탄하는 것으로 만족하지 않
았고 부유했기 때문에 예술품을 사들일 수 있었다. 그는 과거의
보물들을 획득하기 위해 발굴을 시도하고 몸소 감독하기도 했
다. 그리하여 그림과 조각상 그리고 도자기를 실은 낙타와 선박
의 행렬이 니푸르 왕국을 향해 끊임없이 이어졌다.

발타자르는 자신의 궁전보다 아름다운 박물관을 짓고 '발타
자르 박물관'이라고 불렀다. 온갖 노력과 희생을 다해 박물관
—그의 인생의 역작—을 풍요롭게 하는 것보다 더 큰 행복을 느
낄 수 있는 것은 아무것도 없었다. 그는 신기하고 새로운 물건
을 획득하기라도 하면 박물관에서 가장 어울리는 장소에 진열
된 모습을 상상하면서 기뻐서 웃느라 밤을 지새우곤 했다.

하지만 예술품을 찾고 수집하고 감상하는 데 열을 올린 덕분

에 발타자르는 몇 가지 문제를 제기하고 심사숙고하게 되었다. 그리스와 이집트 예술이 보여준 것은 이시스(고대 이집트의 최고 여신_역주), 오시리스(고대 이집트의 대지의 신_역주), 주피터(로마신화의 최고 신. 유피테르_역주), 다이아나(로마신화의 달과 사냥의 여신_역주), 헤라클레스, 미노타우로스(미노스 왕의 왕비 파시파에와 황소 사이에 태어난 괴물_역주) 등처럼 육체는 언제나 힘과 미로 빛나고, 얼굴은 영원성으로 환하게 빛나며, 태도는 숭고하고 고상한 신, 굉장한 괴물 혹은 초인적인 영웅뿐이었다.

'하지만 고뇌의 밤을 보낸 뒤 새벽의 첫 미광이 불러일으키는 동정심, 애정, 소박한 미소는 이들과 어떤 관계가 있단 말인가?' 발타자르는 주변에서 일상생활과 백성들을 지켜보았다. 그는 재빨리 수수한 하녀나 불결한 거지 혹은 어린애 속에도 충격적인 아름다움이 숨어 있을 수 있다는 사실을 깨달았다. 그는 예술가들이 언제나 하늘나라의 숭고한 것만을 추구하고 인간의 소박한 삶—결국엔 사라지게 되어 있고 흔히 쓰레기 속에 묻히게 되지만 그만큼 더욱더 귀중하고 감동적인—을 경멸하는 듯한 태도를 점점 더 이해할 수 없었다.

발타자르는 '앗수르'라는 바빌로니아 출신의 젊은 예술가를 알게 되었다. 앗수르 역시 발타자르처럼 현실적인 삶에 더욱 가까운 새로운 예술의 길을 모색하는 것 같았다. 그는 정말이지 마술적인 손을 가졌다. 발타자르는 그에게 말을 걸면서도 끊임없이 뭔가를 모색하는 그의 손을 가끔 바라보았다. 앗수르는 닥치는 대로 파피루스에 스케치했고 혹은 진흙을 반죽해서 장미꽃, 나귀 새끼, 사람의 머리 혹은 쪼그리고 앉은 사람을 빚었다. 한번은 한 여인의 초상화를 그려서 발타자르를 깜짝 놀라게 했는데 그 여인은 젊지도 예쁘지도 멋을 부리지도 않았고 오히려 정반대였다. 하지만 그녀의 두 눈, 희미한 미소, 가볍게 기울인 얼굴에는 부드러운 빛 같은 것이 있었다.

앗수르가 얘기했다.

"어제 소인은 '예언자의 샘' 근처에 있었습니다. 그 샘은 물의 양도 적었고 게다가 간헐적으로 솟았습니다. 깨끗하고 맑은 물이 솟아나기라도 하면 항아리와 가죽 부대를 지닌 여자들과 아이들이 우물가에서 서로 다툽니다. 마지막 줄에는 어느 장애 노인이 있었는데 그 노인은 떨리는 손으로 양철통을 뻗었지만 물을 담을 가능성은 전혀 없었습니다. 바로 그때 가까스로 항아리에 물을 담은 한 여인이 노인에게 다가가 물을 나눠주었습니다. 사실 별것 아닙니다. 그것은 폭력과 잔인한 행위가 지배하는 세상에서 극히 사소한 인정의 몸짓에 불과합니다. 하지만 소인은 물을 건네주고 떠날 때까지 그녀의 얼굴에 떠오른 표정과 그녀를 지극히 아름답게 만든 마음의 빛을 잊을 수가 없었습니다. 소인이 그림 속에 재생하고 싶은 것은 바로 그 표정과 빛입니다. 소인은 이집트 괴물과 그리스 영웅보다도 그녀에게서 더욱 위대한 기품을 발견합니다."

이처럼 발타자르 왕은 예술품 수집과 아름다운 박물관 사이에서 살고 생각했다. 불행한 사건이 그의 가장 소중한 것을 강탈하기 전날까지는……

그때 발타자르 탐험대는 왕국에서 꽤 멀리 떨어진 수사(페르시아만 북방에 있는 고대 도시의 유적. 기원전 20세기까지 엘람 왕국의 수도였음_역주)에 있는 다리우스 1세의 능에서 유물을 발굴하고 있었다. 그들이 납골 단지와 보석이 박힌 두개골──훌륭한 노획물이지만 불길한 징조를 나타내는──을 들어올리는 순간에, 동쪽에서 검은 말 한 필이 하얀 먼지를 일으키며 그들을 향해 달려오는 것을 보았다.

그들은 그 기사가 앗수르의 친구들 가운데 한 명이라는 것도 알아보기 힘들었다. 그만큼 그의 얼굴이 5일 간의 미친 듯한 질

주와 불행히도 전해야만 하는 끔찍한 소식으로 초췌해진 것이
었다. 발타자르 박물관이 사라졌다는 것이었다. 빈민가에서 시
작된 폭동으로 박물관이 파괴되었고, 폭도들은 충직한 문지기
들을 학살했다. 보물은 하나도 남김없이 약탈당했고 가져갈 수
없는 예술품들은 망치질로 박살났다.

폭도들의 외침과 깃발로 짐작하건대 폭동은 그려진 것이든
조각된 것이든 모든 형상을 금지하는 율법의 이름으로 일어났
다. 폭도들은 수많은 우상으로 가득 찬 이교도 신전과
흡사하고 하느님의 존엄을 모독하는 그 박물
관을 없애버리고 싶었다.

발타자르는 니푸르의 하층민들
에 대해 상당히 잘 알고 있었
다. 하층민들은 참된 신의
숭배나 우상숭배 따위
에 관심이 없었다. 이
들은 광신을 포기하
지 않은 대사제 셰
다드에게 매수되
었던 것이다. 그

렇게 셰다드는 50년이라는 세월의 간격을 두고 앞가슴에 어린 발타자르의 초상화가 새겨진 멋진 나비를 박살냈고 늙은 발타자르의 존재 이유이자 최대 역작인 박물관을 파괴한 것이었다.

그 흉악한 사건으로 상처 입은 왕은 궁전 구석에서 오랫동안 말없이 칩거했다. 그는 갑자기 늙어버렸다. 하얗게 세어버린 머리, 구부정한 등, 생기 잃은 시선, 현저하게 줄어든 말수, 손도 대지 않고 부엌으로 되돌려보낸 진수성찬. 이 모든 것은 왕이 얼마나 크게 낙심했고 슬퍼했는지를 잘 드러냈다.

왕의 칩거는 니푸르 왕국의 상공에 혜성이 출현해서 백성들이 크게 동요할 때까지 지속되었다. 혜성은 흔들리는 빛의 머리채로 둘러싸인 떠돌이 별이다. 그리스어에서 나온 혜성이란 말은 '머리채처럼 꼬리 달린 천체'를 의미한다. 혜성의 운행은 어떤 법칙에도 따르지 않고 하늘에서 변덕스럽게 산책한다. 이번 혜성은 남쪽에서 날아와 북서쪽으로 가고 있었다. 점성술에 의하면 혜성의 출현은 기아, 지진 혹은 혁명처럼 거의 언제나 엄청나게 불행한 사건을 예고한다.

혜성의 소식을 접했을 때 발타자르는 극도의 의기소침에 빠져 있었다. 어떤 중대한 변화든지 이로울 수밖에 없을 것이라는 생각이 들 정도로 그의 기분은 비참했다. 회의에 소집된 점성술사들은 혜성의 의미와 성격에 대해 격렬하게 토론했다.

왕은 토론에 참석해서 그 혜성은 유년시절의 나비가 하늘의 빛으로 되살아난 것이기 때문에 길조이며 예전에 나비채를 손에 들고 따라갔던 것처럼 소수의 수행원을 데리고 혜성을 따라 가겠다고 단언함으로써 그들을 깜짝 놀라게 했다.

점성술사들은 왕의 주장에 복종하지 않을 수 없었으나 박물관의 파괴로 충격을 입은 불행한 왕이 이성을 잃었다고 확신하며 물러갔다.

그리하여 발타자르 왕은 12월 초에 50여 명의 부하들, 20필의 말, 안락하고 세련된 삶에 필요한 모든 것―텐트, 식기, 식량―과 화려한 의장을 갖추고 북서쪽으로 길을 떠났다. 왕은 나비에 대한 추억이 떠올라 옛날에 현자 마알레크가 선사했던 몰약 덩어리를 서랍에서 꺼내 챙겼다.

불나비―혜성―는 도대체 어디로 가는 것일까? 북서쪽이라고 이미 언급했다. 불나비는 여행자들을 유대지방, 정확히 말하면 잔인한 헤로데 대왕이 거주하고 있던 유대의 수도 예루살렘으로 안내했다. 그런데 예루살렘에 입성하기 전날 그들은 헤브론에서 야영을 했는데 놀랍게도 아주 기이한 일행을 만나게 되었다. 마찬가지로 황금 혜성을 따라 남쪽에서 올라온 어느 아프리카 왕의 일행이었다.

가스파르 왕은 이집트 남쪽―나일강의 수원지에서 멀지 않은―에 위치한 메로에를 지배하고 있었다. 그는 흑인이었고 단봉낙타를 타고 여행했다. 그의 주요 재산은 타면서 그윽한 향기를 내뿜는 송진―사람들이 향이라고 부르는―같았다. 그밖에 그는 쓰라린 사랑의 슬픔을 겪은 후 기분을 전환하기 위해 혜성을 쫓아간다고 넌지시 암시했고 부끄러웠던지 더 이상 말하지 않았다. 발타자르는 신중하게 처신하기 위해 더 이상 알려고 애쓰지 않았다.

두 대열―백인과 흑인, 말과 낙타―은 합류했다. 발타자르와 가스파르는 매우 빠르게 친해져서 다음 날 그들은 함께 예루살렘의 성문을 넘었다. 공동 사절단을 통해 기별을 받은 잔인한 헤로데 왕은 손님들을 환대하기로 결심했다. 헤로데는 두 왕과 수행원들이 궁전에서 숙박하도록 배려했다.

얼마 후 세 번째 왕이 가스파르와 발타자르 일행과 합류했다.

그런데 멜쉬오르 왕자에 대해서 정말로 왕이라고 말할 수 있을까? 그는 옛 가정교사를 데리고 도보로 여행하는 가난하고 침울한 젊은이였다. 멜쉬오르 왕자는 국왕이 갑자기 승하한 후 합법적인 계승자였으나 숙부에 의해 왕국에서 쫓겨난 신세였다. 반역자 숙부는 멜쉬오르의 암살을 시도했고 왕자는 여전히 발각될까 두려워했다. 멜쉬오르의 처지를 잘 알게 된 발타자르는 왕위를 빼앗긴 왕자를 받아들이기로 결심하고 자신의 시동侍童들 틈에 숨겨주었다.

예술과 건축의 애호가인 발타자르는 헤로데 궁전과 마침 완성된 유대인들의 성전에서 볼 만한 것이면 무엇이든지 열중했다. 젊은 앗수르를 동반한 그는 가벼운 에스파르트 지붕으로 그늘진 테라스, 화강암으로 만든 웅장한 계단, 아치형 회랑이 에워싼 광장, 기둥들이 푸른 대리석 숲처럼 보일 만큼 넓은 귀빈실 따위를 돌아다니며 보았다.

하지만 그런 화려한 시설은 그곳의 거칠고 딱딱한 모습을 감출 수 없었다. 그림도, 벽화도, 조각상도 전혀 없었다. 이곳에서는 율법이 부과한 형상—그림이든 조각이든—의 금지가 아주 엄격하게 존중되었다. 발타자르와 앗수르는 매우 드물게 딱딱하고 기하학적인 소재만이 장식된 궁전과 성전에서 서글프고

숨막힘을 느꼈다. 하지만 이 법칙에서 벗어난 예외가 딱 하나 있긴 했다. 성전의 정문 위에 날개를 활짝 펼친 황금 독수리상像. 여행자들은 이곳의 주인으로부터 직접 그 내력을 듣게 될 터였다.

어느 날 저녁 실제로 헤로데 왕은 동양에서 온 왕들을 환영하기 위해 화려한 향연을 마련했다. 잊을 수 없는 향연이었다. 특히 향연 중에 인도의 이야기꾼 상갈리는 「황금수염」 이야기를 했다. 식탁에는 멀리서 온 여행자들을 깜짝 놀라게 한 요리들이 있었다. 하인들은 먼저 소금에 볶은 황금 풍뎅이, 공작의 골, 야생양의 눈, 새끼낙타의 혀 따위를 내온 후 주된 요리로써 죽은 자의 얼굴을 곁들인 불에 구운 독수리 고기를 가져왔다.

헤로데 왕은 대화를 주도했고 예의상 왕들의 가장 큰 관심거리를 화제로 삼았다. 그는 먼저 발타자르 왕을 바라보고 예술품과 율법이 압박하는 형상의 금지라는 주제를 꺼냈다.

"나는 당신의 발타자르 박물관에 대해 모르는 게 전혀 없습니다. 내 밀정들은 도처에 깔려 있으니까요. 원하신다면 범인들의 명단을 넘겨드릴 수 있습니다. 하지만 당신은 그 상황에서 유감스럽게도 무기력한 태도를 보여주었습니다. 한탄하고 머리칼이 하얗게 세도록 내버려두는 대신에 놈들을 단호하게 내쳐야 했습니다. 당신은 그림, 조각, 데생 그리고 초상화를 좋아하지요? 나도 그렇습니다. 당신은 그리스 예술에 푹 빠졌지요? 나도 마찬가지입니다. 당신은 성직자들의 어리석은 광신에 부딪혔지요? 나도 그렇습니다. '성전의 독수리 사건'을 들어보세요.

당신도 보셨겠지만 나는 막 예루살렘의 성전 신축을 끝냈습니다. 엄청난 시도이지요! 이 성전을 건설하는데 1만 8천 명 이상의 노동자들이 동원되었습니다. 지성소는 속세의 손이 닿아서는 안 되기 때문에 사제들에게 돌 자르는 일과 벽돌 쌓는 일을 배우게 했고 그들은 제복을 입은 채로 작업했습니다. 나는 성전의 정면 위에 폭이 6쿠데(1쿠데는 약 50cm_역주)에 이르고 날개를 활짝 펼친 황금 독수리상을 설치하게 했습니다. 왜 독수리냐고요? 독수리는 우리의 위대하고 충실한 동맹국인 로마의 상징이니까요. 우리의 평화와 번영은 로마 덕분입니다.

그런데 내가 아프게 되자 의사들은 나더러 시골에서 휴양하라고 권했습니다. 난 에리코에 있던 내 정원에서 휴양했습니다. 난 유황 온천요법에 따랐고 얼마 후 이유는 알 수 없었지만 내가 죽었다는 소문이 예루살렘에 퍼졌습니다. 즉각 유다와 마타티아라는 두 명의 바리새인 박사놈들이 제자들을 모아서 형상을 금하는 율법을 어겼고 로마의 지배를 떠올리는 그 상징물을 쓰러뜨려야 한다고 선동을 했답니다. 한낮에 성전 안뜰에는 사람들이 들끓었는데 젊은 녀석들이 성전 지붕 위로 기어올라갔습니다. 녀석들은 밧줄을 타고 정면의 합각슴閣머리까지 내려와 황금독수리를 도끼로 박살낸 것입니다. 참 불쌍한 녀석들이었지요. 이 헤로데 대왕이 죽지 않았으니까요! 성전의 경비원들과 병사들이 출동해서 독수리를 박살낸 놈들과 그들을 사주한 놈들을 체포했지요. 모두 40명쯤 되었습니다. 녀석들은 법정에 끌려와 사형선고를 받았습니다. 난 들것에 실려 재판과정을 지켜보았지요. 재판관들은 두 박사들을 산 채로 불태워 죽이고 나머지 가담자들을 참수하라고 판결을 내렸습니다. 발타자르 왕, 예술을 사랑하는 왕이라면 어떻게 걸작품들을 지키는 것인지 알겠습니까?'

니푸르 왕은 특히 자신에게 전하는 그 열렬한 연설을 들었다. 발타자르는 헤로데의 초대를 받은 데다가 그보다 나이도 적었고 국력도 약했기 때문에 예의상 잠자코 듣기만 했다. 그래도 곰곰이 생각했다. 그의 생각은 폭군과 매우 달랐다. 그게 예술에 대한 사랑이라고? 예술을 사랑한다는 사람이 어떻게 그처럼 지독한 증오와 폭력을 부추길 수 있단 말인가? 예술이란 반대로 언제나 부드러움, 너그러움, 우애를 조성하는 것이 아닌가? 예술작품은 그 빛만으로도 가장 훌륭한 교훈이 아닌가? 발타자르는 적어도 그렇게 생각했다.

헤로데는 화제를 바꾸었다. 그는 이제 그 유명한 혜성에 대해 얘기하고 있었다. 모두 이번 혜성의 출현이 무엇을 의미하는지—길조인지 흉조인지—몹시 궁금해했다. 그는 점성술사들을 불러들이고 그들의 견해를 물었다. 그런데 이들은 뾰족한 모자를 위아래로 흔들고 날개처럼 넓은 소매를 흔들면서 예루살렘에서 하루 걸리는 베들레헴이라는 마을에서 유대인들의 왕이 될 아이가 태어날 것이라고 설명했다. 다윗 왕은 천 년 전에 베들레헴에서 태어났었다.

헤로데는 그 혜성과 어린 유대 왕의 탄생을 거의 믿지 않는 듯했다. 어쨌든 헤로데는 그 예언을 가볍게 취급하는 것처럼 보였다. 하지만 그 교활하고 잔인한 노인네를 어떻게 믿을 수 있겠는가? 그는 기꺼이 베들레헴에 가서 어린 왕을 경배하겠노라고 동방에서 온 왕들에게 말했다. 하지만 너무 허약하고 병들어서 그는 여행의 피로를 견디지 못할 터였다. 그러니 그를 대신해서 그들이 가게 되었고 말하자면 그들을 사절단으로 파견하게 되었다. 그들은 베들레헴에 가서 헤로데의 이름으로 경배를 한 다음 예루살렘으로 되돌아와서 본 대로 보고하기로 했다. 그들은 복수가 두려워서 헤로데를 배신할 생각은 하지 않았다.

그들은 다시 대열을 정비해서 남쪽으로 향했다. 백인과 흑인, 말과 낙타, 사냥개와 파란 앵무새가 합류된 으리으리한 대열이었다. 이 행렬을 지켜보던 농부들은 재갈과 등자와 무기들이 부딪치는 소리, 알 수 없는 말로 명령하고 부르는 소리, 횃불에 반사된 철모와 방패 탓에 깜짝 놀랐다. 여정은 쉬웠다. 일행은 베들레헴으로 간다는 것을 알고 있을 뿐만 아니라 혜성은 그 어느 때보다도 밝게 빛났고 그 의미도 명백했기 때문이었다. 발타자르는 암말의 발걸음에 따라 좌우로 흔들리면서 혜성에 두 눈을 고정시켰다. 그는 혜성을 불나비, 말하자면 그의 노년의 길을 비춰주기 위해 기적처럼 되돌아온 유년시절의 '깃발을 든 기사'라고 생각했다. 그때부터 두 비극, 즉 그의 소중한 박물관을 파괴한 니푸르의 하층민들과 성전의 독수리상을 쓰러뜨린 예루살렘의 젊은이들이 그의 머리 속에서 뒤섞였다. 그는 이따금씩 오른쪽에 눈길을 던지고 그와 마찬가지로 사색에 빠진 젊은

앗수르를 관찰했다. 발타자르는 똑같은 의구심과 희망을 가지고 있었기 때문에 앗수르의 생각을 짐작할 수 있었다.

예루살렘 성전의 황금 독수리상은 분명히 발타자르 박물관에 전시되었던 신들, 영웅들 그리고 괴물들과 같은 부류였다. 그처럼 초인적이고 위풍당당한 조각상들은 땅이 하늘에게 도전하는 것 혹은 예술가가 영원성을 정복하는 것과 닮았다. 헤로데는 분명히 부드러움과 애정으로 이루어진 새로운 예술—순박한 사람들과 일상생활의 빛을 찬미할 줄 아는—을 상상할 수 없었다.

발타자르와 앗수르는 또한 베들레헴에서 무엇을 발견하게 될 것인지 궁금했다. 사람들은 유대인들의 왕이 될 아이가 태어날 것이라고 말했다. 그들이 베들레헴에 도착하게 되면 예루살렘에서처럼 사람들이 궁궐 같은 거대한 성의 정문을 열고 화려하게 환영할 것인가?

하지만 그들은 제일 먼저 베들레헴이 무척 소박한 마을임을 발견하고는 놀라지 않을 수 없었다. 베들레헴은 천년 전에 위대한 다윗 왕이 태어난 곳이라고 사람들이 말하지 않았던가. 그런데 베들레헴은 기껏해야 언덕의 뒷부분에 자리잡은 커다란 마을에 불과했다. 비슷비슷한 집마다 수수한 테라스와 낮은 돌담으로 둘러싸인 작은 정원이 딸려 있었다. 그 평범한 집들 가운데서 어떻게 왕의 거처를 발견한단 말인가? 그때 마침 혜성은 지성소 위의 야등처럼 움직이지 않고 멈췄고 왕들의 행렬이 마을 중심에 이르렀을 때 한줄기 빛이 어느 초라한 외양간을 비추었다.

발타자르 일행은 깜짝 놀라 제자리에 멈췄다. 베들레헴에는 궁전도 왕의 저택도 없었을 뿐만 아니라 혜성이 불의 손가락으로 가리키는 것은 누추한 오막살이였다. 오해 혹은 조롱이 있었던 모양이었다. 발타자르만이 이해하기 시작했고 앗수르는 완전히 이해했다는 듯이 미소를 지었다.

그들은 말과 낙타에서 내리고 양우리나 외양간 혹은 마구간이 있는 듯한 헛간 앞에서 벌레먹은 판자문을 밀었다. 그들이 따뜻하고 희미한 빛 속에서 처음으로 본 것은 초가지붕을 뚫고 짚더미 위에 누워 있던 아기를 비추는 한줄기 빛이었다. 그 빛줄기는 틀림없이 혜성에서 분출되고 있었지만 또한 희미하게 사람의 형체를 띠고 있었다. 서 있는 빛의 거인이 천천히 그리고 위엄 있게 움직이고 있는 것 같았다. 거인, 아니 어쩌면 천사…… 또 여러 사람들의 실루엣도 보였다. 매우 젊은 한 부인, 직업이 장인匠人 같고 나이가 꽤 들어 보이는 한 남자, 마을 사

람들, 하녀들, 목동들이 있었다. 불가사의하게도 이들 하층민들은 거의 야생동물처럼 가난하게 태어난 한 아기에게 매료된 것 같았다. 건초와 가죽 마구馬具 냄새가 나는 이 누추한 곳에는 커다란 황소와 당나귀가 지푸라기 요람을 향해 무거운 머리를 떨구고 있었다.

발타자르는 경배하기 위해 그리고 동시에 그를 향해 앙증맞은 팔을 뻗치고 있던 아기를 보다 가까이에서 바라보기 위해 제일 먼저 무릎을 꿇었다. 그는 몰약 덩어리—나비와 이집트인들의 육신에 영원성을 부여하는 향기로운 송진—를 선물로 내놓았다. 다음에는 옆에서 숯불 상자를 들고 있던 흑인 왕 가스파르가 무릎을 꿇었다. 그가 금숟가락으로 약간의 향가루를 숯불 위에 뿌리자 푸른 연기 줄기가 외양간 한복판에 여전히 세워져 있던 움직이는 빛 기둥을 둘둘 감싸며 피어올랐다.

이윽고 왕들은 다른 사람들도 아기 예수께 다가가서 경배할 수 있도록 어둠 속으로 물러났다. 자발적으로 뒤로 물러나 있던 앗수르는 손에 양피지와 목탄을 들고 자기 나름대로 경배하고 있었다. 니푸르의 왕과 젊은 바빌로니아 소묘 화가는 몇 마디를 나누었다.

발타자르가 말했다.

"아기 예수는 황소와 당나귀 사이의 짚에서 태어난 한 아기에 불과하군. 하지만 빛의 기둥이 그분을 보살핌으로써 그분의 존엄한 신분을 증명하고 있네."

앗수르가 맞장구쳤다.

"그렇습니다. 이 외양간이 성전이기 때문입니다. 아버지가 목수처럼 보이고 어머니가 하녀의 모습을 지닌 것은 그 남자가 가장이고 그 여자가 동정녀이기 때문입니다."

"우리는 이 시간에 기독교 예술이라고 부르는 새로운 예술의 탄생을 지켜보고 있네. 떠돌이 아기를 굽어보는 떠돌이 엄마의 모습은 하느님이 가장 비참한 인간의 모습으로 내려오셨다는 것을 나타내는 것이네."

"우리는 니푸르에 돌아가면 복음을 전할 것입니다. 우리는 백성들뿐만 아니라 사제들, 특히 엄격한 교리로 매우 경직된 늙은 셰다드 대사제를 설득할 것입니다. 신이 인간의 얼굴과 육체를 취하셨기 때문에 형상은 구원받았고 인간의 얼굴과 육체는 우상숭배 없이도 찬양될 수 있다고 말입니다."

"나는 발타자르 박물관을 재건할 것이네. 하지만 그리스와 이집트 조각상들을 전시하지는 않을 것일세. 나는 예술가들을 모아서 기독교 예술의 초기 걸작들을 창작하게 할 작정이네."

그때 발타자르는 앗수르가 빠른 필치로 완성 중에 있던 소묘를 내려다보았다. 그것은 바로 그가 구상하고 있던 기독교 예술의 첫 번째 걸작, 말하자면 원형 같은 것이 아닌가? 무엇을 그렸는지 보기 위해 양피지를 빛 기둥 쪽으로 돌린 발타자르는 황금으로 치장되고 자줏빛 외투를 입은 채 전설적인 동양에서 찾아온 사람들이 외양간에서 아기 예수께 경배하는 모습을 보았다.

  그런데 그 간단한 그림은 예술품 감정 전문가인 발타자르가 수많은 나라를 여행하면서 보았던 어떤 그림과도 닮은 데가 없었다. 그림에는 그늘진 부분이 있는가 하면 반대로 매우 생생하게 드러난 부분도 있었다. 그것은 외양간 무대에 놀라운 심오함과 신비로움을 부여하는 빛과 어둠이라는 섬세한 대조법을 활용한 것이었다.

  앗수르는 어두운 외양간에 빛의 섬광과 까만 실루엣 그리고 하얀 얼굴을 대담하게 표현한 자신의 데생을 변명하려는 듯이 말했다.

  "어쩔 수 없습니다."

  그 데생의 놀라운 독창성—장엄함과 가난함이 뒤섞여 있고 비참한 인간의 모습으로 변신한 신의 위대함이 잘 표현된—에 경탄한 발타자르가 말했다.

"불가피한 것이네. 이것은 앞으로 수세기 동안 수많은 작품들을 낳게 할 첫 번째 성화이네."

그러자 기뻐서 어쩔 줄 모르는 앗수르는 자신 앞에 있는 빛의 기둥을 똑바로 바라보고는 거대한 거울의 방과 같은 미래를 생각했다. 거울의 방은 시대정신에 따라 다르지만 언제나 알아볼 수 있는 같은 모습, 즉 동방박사들이 경배하는 모습이 비치고 있었다.

설탕의 왕자, 소금 광산의 성인

망갈로르의 왕자 타오르

옛날 옛날에 인도에 '망갈로르'라는 작은 왕국이 있었다. 왕세자의 이름은 타오르 왕자였는데 이 젊은 이는 무기도 황금도 여자도 예술품도 말馬도 그다지 좋아하지 않았다. 그가 열정으로 좋아하는 것은 사탕과 케이크, 말하자면 달콤한 모든 음식이었다.

어느덧 타오르는 스무 살이 되었지만 부왕 마하라자가 죽은 후 왕비이신 어머니가 망갈로르를 통치하고 있었다. 권력욕에 사로잡힌 왕비는 왕자를 국정國政으로부터 떼어 놓으려고 안간힘을 다했고 왕자의 나태와 경박함 그리고 특히 어릴 적부터 나타낸 사탕과 과자에 대한 과도한 취향에 더욱 빠지도록 부추겼다. 왕비는 왕자에게 시리 악바르라는 노예 친구 한 명을 붙여 주었다. 몹시 헌신적인 시리는 왕자의 온갖 변덕을 다 들어줌으로써 권력으로부터 멀리 떼어 놓는 데 기여했다.

망갈로르 왕국은 바다와 사막으로 막혀 있는 탓에 타오르는 자신의 왕국을 떠난 적도 없었을 뿐만 아니라 궁궐 정원 밖을 모험하는 일도 극히 드물었다. 어느 날 시리는 서양에서 최근에 도착한 뱃사람들에게서 사들인 상아 장식이 박힌 조그마한 백단白檀 상자를 바치면서 왕자가 매우 좋아할 것이라고 믿었다.

"전하, 이것은 서양에서 전하께 드리는 최신 선물입니다. 이곳까지 도착하는 데 석 달이나 걸렸습니다."

타오르는 그 상자를 집어들고 손으로 무게를 가늠해 본 다음 코에 대고 냄새를 맡았다.

"음, 가볍긴 해도 냄새가 좋구나."

왕자는 시리에게 상자를 건네주면서 뚜껑을 열어보라고 명령했다. 젊은 노예가 칼자루로 봉인을 가볍게 두드리자 밀랍이 잘게 부서져 가루가 되어 떨어졌다. 뚜껑은 쉽게 열렸다. 왕자는 다시 상자를 집어들었다. 네모난 상자 속에는 하얀 가루로 뒤덮인 청록색의 입방체 모양의 말랑말랑한 것이 하나가 달랑 들어 있었다. 타오르는 그것을 엄지와 검지손가락으로 조심스럽게 집어들었다.

"하얀 가루는 설탕 가루이고 이 초록색은 피스타치오를 떠올리게 하는구나."

왕자는 입을 벌리고 그 자그마한 설탕과자를 집어넣었다. 그리고 그는 두 눈을 감은 채 가만히 있었다. 마침내 그의 턱이 살며시 움직였다. 그는 말을 할 수는 없었지만 손을 흔들어서 놀라움과 기쁨을 나타냈다.

마침내 왕자가 분명하게 말했다.

"이건 분명히 피스타치오야."

시리가 상세히 설명했다.

"아랍인들은 그것을 '라아트루쿰'(향료를 넣은 터키 과자_역주)이라 부릅니다. 그 말은 아랍어로 '입안의 지극한 행복'을 뜻합니다. 그러니까 그 과자는 '피스타치오 열매를 넣은 라아트루쿰'입니다."

그런데 타오르 왕자는 과자 제조법에 관심이 많았고 모든 재료들 가운데 특히 피스타치오 열매를 좋아했다.

왕자는 생생한 감동에 사로잡혀 소리쳤다.

"그걸 내 수석 과자 제조인에게 보여 주었어야 했는데! 어쩌면 그가 제조법을 알지도 모르는데."

시리가 여전히 웃으면서 말했다.

"저는 그렇게 생각하지 않습니다. 이 과자는 여기에서 만드는 어느 것과도 닮지 않았습니다. 완전히 새로운 과자입니다!"

왕자는 실망한 표정을 지으며 인정했다.

"네 말이 맞다. 하지만 왜 단지 한 개밖에 보내지 않았을까? 그들은 나를 약올리고 싶은 것일까?"

왕자는 금방이라도 눈물을 터뜨릴 어린애처럼 입을 실룩거렸다.

그러자 시리가 제안했다.

"우리는 사자使者를 서양에 급파해서 피스타치오 열매로 만든 라아트루쿰의 제조법을 알아 오게 할 수 있습니다."

타오르는 쾌히 승낙했다.

"그래, 좋다. 그렇게 하자구나! 그럼 믿을 만한 녀석을 한 사람 찾아봐라. 아니, 두 녀석을. 그들에게 돈이든 황금이든 추천서든 필요한 것은 다 주어라. 그런데 기간은 얼마나 걸릴까?"

"그곳에 갈려면 겨울 계절풍을 기다려야 하고 되돌아올 때는 여름 계절풍을 이용해야 합니다. 모든 일이 순조롭게 된다 해도 14개월 뒤에나 그들을 다시 볼 수 있을 것입니다."

타오르는 깜짝 놀라 소리쳤다.

"뭐, 14개월이라고? 차라리 우리가 직접 가는 게 낫겠다."

수개월이 지났고 사자들을 실어갔던 북동 계절풍이 그들을

다시 데려오게 될 남서 계절풍으로 바뀌었다. 그들은 즉각 궁전에 나타났지만 안타깝게도 라아트루쿰 과자도 그 제조법도 가져오지 않았다. 그들은 헛되이 칼데아, 앗시리아 그리고 메소포타미아를 누비고 다녔다. 어쩌면 그들은 서쪽으로는 프리지아까지 더 밀고 나가고, 북쪽으로는 비티니아를 향해 거슬러 올라가거나 혹은 그와는 반대로 이집트를 향해 남쪽으로 내려가야 하지 않았을까? 하지만 그렇게 되면 말라바르 해안으로 돌아오는 데 적절한 계절풍을 놓칠 것이고 일 년 더 지체하게 되었을 터였다.

어쨌든 그들은 빈손으로 되돌아오지는 않았다. 그들은 유대의 불모지에서 기이한 사람들을 만났다. 그 황량한 지역에는 낙타 털옷을 입은 고독한 예언자들이 살고 있었다. 사자들은 때때로 머리칼과 수염 한가운데에 타오르는 시선을 지닌 그들이 동굴에서 나와서 여행자들에게 세상의 종말을 알리고 죄를 씻어주기 위해 강가에서 세례를 주며 설교하는 장면을 보았다.

타오르는 초조해지기 시작했다. 그 사막의 야만인들이 라아트루쿰과 그 제조법과 무슨 관련이 있단 말인가?

사자들이 이렇게 주장했다.

"바로 그것입니다. 그들 가운데는 머지않아 뛰어난 음식이

발명될 것이라고 예언하는 사람들도 있었습니다. 그 음식은 어찌나 영양이 풍부한지 영원히 만족을 느낄 것이고 또한 어찌나 맛이 좋은지 한 번 맛을 본 사람은 죽을 때까지 다른 음식을 먹고 싶지 않을 것이라고 말했습니다. 피스타치오를 넣은 라아트루쿰과 관련이 있냐고요? 분명히 아닙니다. 그 숭고한 요리를 만들게 될 '탁월한 과자 제조인'이 아직 태어나지 않았기 때문입니다. 유대인들은 줄곧 그분을 기다려왔고, 어떤 이들은 성서에 기록된 대로 이미 천년 전에 다윗 대왕이 태어났었고, 예루살렘에서 걸어서 하루 걸리는 곳에 위치한 베들레헴이라는 마을에서 그분이 태어날 것이라고 생각하고 있었습니다."

그 이야기라면 타오르는 이미 수십 번도 더 들었다. 그것은 너무도 터무니없는 얘기였기 때문에 왕자는 구체적인 것, 확실한 증거품, 말하자면 볼 수 있고 만질 수 있고 이왕이면 먹을 수 있는 것을 요구했다.

그러자 두 사람은 가방에서 무척 투박하지만 상당히 큼직한 옹기 항아리를 하나 꺼냈다. 두 사람 가운데 한 명이 설명했다.

"곰처럼 옷을 입은 사막의 은둔자들이 주로 먹는 맛이 독특하고 매우 좋은 혼합물입니다. 어쩌면 이것이 사람들이 기다리고 있는 그 탁월한 요리의 전조일지도 모릅니다."

타오르는 항아리를 가로채서 무게를 가늠해 본 뒤 냄새를 맡아보았다. 그리고 이렇게 결론을 내렸다.

"음, 묵직한데 냄새는 좋지 않군."

왕자는 항아리의 입구를 막고 있던 투박한 목재 뚜껑을 벗겨냈다. 그리고 명령했다.

"숟가락을 가져와라."

왕자는 항아리 속에서 앙상한 곤충들이 들러붙고 황금빛 덩어리로 덮인 숟가락을 꺼냈다.

왕자가 말했다.

"벌꿀이잖아."

두 사자 중의 한 명이 시인했다.

"그렇습니다. 야생 벌꿀입니다. 사막 한복판에 있는 바위틈이나 바싹 마른 그루터기 속에서 발견할 수 있습니다. 꿀벌은 봄에만 아카시아 숲에서 매우 향기로운 하얀 꽃가루를 채취합니다."

타오르가 다시 말했다.

"이것은 작은 새우들이잖아."

그 사자가 마지못해 인정했다.

"예, 새우라고 해도 좋습니다만 '사막의 새우' 입니다. 이것들은 빽빽하게 떼를 지어 날아다니고 지나가는 길에 있는 모든 생물을 휩쓰는 대단한 곤충입니다. 이 곤충들은 농부들에겐 끔찍한 재앙이지만 유랑민들은 그것들을 맛있게 먹습니다. 그곳 사람들은 그것을 메뚜기라고 부릅니다."

왕자는 숟가락을 입에 넣기 전에 이렇게 결론을 내렸다.

"그러니까 야생 꿀에 절인 메뚜기구나."

왕자가 맛을 보는 동안 모두 침묵했다. 이윽고 타오르 왕자가 소감을 말했다.

"맛이 참으로 기묘하고 놀랍구나. 이 벌꿀에 익숙해진 사람들은 좋아하겠지만 내겐 맛이 별로 좋지는 않구나. 메뚜기가 끈적끈적하고 달콤한 벌꿀에 바삭바삭하고 짭짤한 요소를 가미하고 있기 때문이야."

왕자가 다시 맛을 보았다.

"나는 소금을 싫어하지만 이 놀라운 진실을 털어놓지 않을 수 없구나. '소금에 절인 설탕은 설탕에 절인 설탕보다 더 달콤하다.' 나는 타인의 입을 통해 이 말을 듣고 싶구나. 이 문장을 반복하거라."

모두 완벽하게 화음을 맞추며 일제히 반복했다.

"소금에 절인 설탕은 설탕에 절인 설탕보다 더 달콤하다."

"얼마나 놀라운 진실인가! 이것이 바로 서양에서만 찾을 수 있는 기막힌 음식이구나! 시리, 너는 라아트루쿰의 비법은 물론이고 이 기회에 다른 것들도 가져오기 위해 멀리 떨어진 미개한 지역을 탐험하는 것에 대해 어떻게 생각하느냐?"

시리는 반어법을 사용해서 복종할 줄 알았다.

"왕자님, 저는 왕자님께 순종하는 노예입니다!"

하지만 시리는 며칠 뒤 왕자가 왕비에게 여행 계획을 보고했다는 것을 알고 깜짝 놀랐다. 왕자를 권력으로부터 멀리 떼어놓을 수 있게 되어 매우 만족한 왕비는 즉각 그 여행을 허가하고 다섯 척의 배와 선원들, 다섯 마리의 코끼리와 코끼리 부리는 사람들, 출납관 드라오마와 각종 화폐가 가득 들어 있는 금고를 내주었다. 그것은 시리에겐 혹독한 충격이었다. 시리는 그 터무니없는 탐험대에 합류해서 왕자를 수행해야 하고, 그렇게되면 망갈로르 궁전에서 특별한 자리를 마련하기 위해 수년 동안 끈질기게 꾸며온 음모가 물거품이 될 터이기 때문이었다.

반대로 타오르는 완전히 딴 사람이 된 것 같았다. 여행 준비를 하느라 갑자기 무기력에서 벗어난 왕자는 필요한 장비를 주문한 후 동행할 인원의 명단을 작성하고 데려갈 코끼리를 선택했다. 하지만 왕자가 과자 제조에 필요한 계피, 정향丁香, 바닐

라 향료, 생강, 건포도, 아니스, 오렌지꽃, 대추 따위를 배의 화물창고에 싣기로 결정할 때는 완전히 본래의 모습으로 되돌아갔다. 배 한 척에는 말리거나 절인 과일들, 망고 열매, 바나나, 파인애플, 밀감, 코코야자 열매, 캐슈 열매, 초록색 레몬, 무화과, 석류 따위가 가득 실렸다. 뛰어난 자질을 갖춘 과자 제조인들이 모집되었다. 그래서 네팔 출신의 당과 제조인들, 실론 출신의 누가 제조인들, 벵골 출신의 잼 제조인들 그리고 카슈미르 고지에서 내려온 유제품 제조인들이 캐러멜 냄새가 진동하는 곳에서 물소젖으로 만든 크림치즈가 담긴 가죽 부대들을 들고 다니면서 분주하게 일하는 모습을 볼 수 있었다.

타오르는 상식과 어긋나게 야스미나를 코끼리 대열에 포함시켜야 한다고 고집을 부렸다. 실제로 상식에 어긋나는 판단이었다. 야스미나는 푸른 눈을 가진 순하고 연약하며 다루기가 까다로운 하얀 새끼 코끼리였기 때문에 긴 항해와 연일 계속될 사막 횡단에서 오는 피로와 고통을 견뎌낼 재간이 없을 터였다. 하지만 타오르는 야스미나를 무척 사랑했다. 초췌한 눈빛을 가진 그 작은 후피동물은 정성스럽게 야자 크림을 바른 양배추를 줄 때마다 왕자가 감동의 눈물을 흘릴 정도로 왕자의 목에 코를 두르며 친절에 보답했다. 타오르는 야스미나를 자기와 같은 배에 태우고 장미 화환으로 몸 전체를 단장시키기로 결정했다.

난관은 출발 전날 코끼리들을 배에 태울 때부터 시작되었다. 때로는 달래고 때로는 폭력을 동원해서 간신히 네 마리의 코끼리를 선교 위로 밀어 올리게 되었다. 하지만 야스미나의 차례가 되었을 때 사태는 절망적인 것처럼 보였다. 공포에 사로잡힌 야스미나는 무시무시한 소리를 내질렀고 자기한테 매달리는 사람들을 땅바닥에 던져버렸다. 타오르를 찾으러 가야 했다. 왕자는 코끼리의 하얀 이마를 손톱으로 긁어주면서 오랫동안 부드럽게 이야기했다. 그런 다음 코끼리의 눈을 비단 스카프로 감싼 뒤 코를 자신의 어깨 위에 얹고 함께 선교 위로 올라갔다.

배마다 코끼리가 한 마리씩 있었기 때문에 실린 코끼리의 이름을 배의 이름으로 사용했다. 다섯 척의 배의 이름은 보디호, 지나호, 바하나호, 아수라호, 그리고 야스미나호였다.

어느 아름다운 가을날 오후, 다섯 척의 배는 모두 돛을 올리고 차례대로 정박지에서 벗어났다. 타오르 왕자는 순수한 기쁨으로 이 모험에 뛰어들었다. 소함대가 서쪽을 향해 전진함에 따라 언덕 위에 계단처럼 늘어선 장밋빛 벽돌집들이 멀어지고 시야에서 벗어나는 동안에도 망갈로르 도시를 향해 눈길 한번 주지 않았다.

항해는 강렬하고 규칙적인 가을 계절풍 덕분에 단조롭고 쉬웠다. 쉬지 않고 해안으로부터 멀어졌기 때문에 암초와 모래톱 그리고 해적의 위험도 급히 줄어들었다. 만일 코끼리들이 첫날 저녁부터 소란을 피우지 않았더라면 만사가 순조롭게 진행되었을 것이었다.

왕의 숲에서 자유롭게 지내던 코끼리들은 나무 그늘 아래서 온종일 낮잠을 즐기다가 해가 지면 물을 마시기 위해 무리를 지어 강가로 가는 습관이 있었다. 과연 황혼이 물들기 시작하자 코끼리들은 동요하기 시작했다. 배들이 밀착대형으로 항해를 하고 있던 탓에 늙은 보디가 내지른 최초의 울음소리는 다른 배에도 엄청난 소란을 촉발시켰다. 소음 자체는 분명히 위험하지 않았지만 코끼리들이 코로 배의 측면을 종의 추처럼 두들기면서 몸을 좌우로 흔들어댔다. 그렇게 쿵쿵 치는 소리가 들리는 동안에 배들은 전복되지 않을까 걱정될 정도로 좌우로 심하게 흔들렸다.

타오르와 시리는 기함에 타고 있었다. 그들은 노젓는 배 덕분에 혹은 배들이 접근했을 때 한쪽 배에서 다른 쪽 배로 던진 선교 덕분에 다른 배들로 옮겨 탈 수 있었다. 그들은 또한 타조 깃털을 흔들면서 전달하는 약정된 신호를 통해 다른 배들의 지휘관과 연락을 취했다. 그들이 모든 배에게 흩어지라는 명령을 내릴 때 사용한 것도 타조 깃털이었다. 코끼리들이 소란을 피우는 소리를 서로 듣지 않게 해야 했다. 다음 날 저녁에도 소동이 다시 일어났지만 다섯 척의 배가 서로 적절한 거리를 유지한 덕분에 그다지 심하진 않았다.

출발한 지 열흘째 되던 날, 새로운 시련이 여행자들을 기다리고 있었다. 선원들에게 돛을 최대한 내리라고 명령할 정도로 바람은 점점 더 세차게 몰아쳤다. 하지만 그것은 배들이 전진하고 있던 칠흑같이 어두운 수평선상에서 번개가 반짝이는 것을 보아 판단하자면 시작에 불과했다.

한 시간 뒤 그들은 지옥에 들어섰고 이어서 끔찍한 밤이 되었다. 배들은 돌풍 속에서 질주했고 파도 꼭대기에서 요동을 쳤으며 이어서 새까만 소용돌이 속으로 빠져들기 전에 끔찍한 속도로 달렸다. 타오르는 경솔하게 앞갑판에 있다가 한 무더기의 파도에 흠뻑 젖고 반쯤 녹초가 되었다. 유년기부터 설탕에 익숙해져 있던 이 젊은이는 인생에서 두 번째로 소금을 체험하게 되었다. 그는 이번보다 훨씬 더 길고 훨씬 더 고통스러운 소금의 시련을 나중에 알게 될 것이다.

하지만 당장에 왕자가 걱정하고 있던 것은 야스미나였다. 폭풍우가 시작되었을 때 전후좌우로 넘어지면서 공포에 질려 소리를 내질렀던 그 흰둥이 코끼리는 마침내는 서 있기를 포기하고 말았다. 야스미나는 자신의 토사물로 더럽혀진 메스꺼운 바닷물 웅덩이 속에 드러눕고 말았다. 푸른빛이 도는 눈 위로 눈꺼풀이 내려졌고 입술에서는 희미한 신음소리가 흘러나왔다. 타오르는 몇 차례나 야스미나 곁으로 내려갔지만 배가 심하게 요동치는 바람에 기절한 야스미나의 덩치가 그를 짓이길 뻔했기 때문에 그 방문을 멈춰야만 했다.

동이 트자 폭풍우는 순식간에 멈췄다. 하지만 세 척의 배—지나호, 이수라호, 보디호—를 찾기 위해 이틀 동안 헤매야만 했다. 바하나호는 찾을 길이 없었다. 그들은 그 배를 잃어버린 것으로 간주하고 서쪽으로 항해를 계속하기로 결정하지 않을 수 없었다.

보디호의 사람들이 타조 깃발로 곤경에 빠졌다는 약정된 신호를 보내왔을 때 아덴만灣으로부터 적어도 일주일은 걸리는 해상에 있었다. 늙은 코끼리는 격심한 광기에 사로잡힌 것 같았다. 곤충에 쏘였던 것일까? 상한 음식으로 식중독에 걸렸던 것일까? 아니면 단순히 전후좌우로 심하게 흔들리는 것을 견딜 수 없었던 것일까? 그 코끼리는 미친 듯이 날뛰었고 화물창고 안에서 자신을 위태롭게 하는 것이면 무엇이든 맹렬하게 공격했으며 선체의 칸막이 벽에 달려들어 상아로 상처를 냈다. 코끼리를 묶을 수도 쓰러뜨릴 수도 없었다. 유일한 희망은 코끼리가 배를 부수기 전에 굶어서 기진맥진하게 되는 것이었다.

이튿날 코끼리는 화물창고의 쇠붙이에 상처를 입고 엄청난 피를 흘리기 시작했다. 그리곤 다음 날 죽어버렸다.

시리가 말했다.

"최대한 빨리 이 시체를 잘게 잘라서 배 밖으로 버려야 합니다. 우리가 육지에 접근할 때 달갑지 않은 손님들을 끌어들일 위험이 있으니까요."

타오르가 놀라 물었다.

"어떤 손님 말이냐?"

시리는 파란 하늘을 유심히 살폈다. 그리고 손을 들어 무한히 높은 곳에서 움직이지 않고 매달려 있는 듯한 아주 작은 새까만 십자가를 가리켰다.

"저 위에 있습니다. 저는 우리의 노력이 헛수고가 될까봐 걱정입니다."

실제로 두 시간 후, 수염이 까맣고 눈 둘레에 빨간 무늬가 있는 수염수리 한 마리가 돛대에 내려앉았더니 흰 대가리로 주위를 한바퀴 빙 둘러보았다. 곧 열두 마리의 동류同類들이 녀석과 합류했고 이윽고 독수리 무리는 피가 흐르는 시체 위에 천천히 내려앉았다. 흉조를 나타내는 그 새들을 두려워하는 선원들은 야스미나호로 옮겨 타기를 원했고 따라서 보디호는 버려지게 되었다. 야스미나호가 멀리 떨어지자 백여 마리의 수염수리들이 돛대와 갑판에서 서로 떼밀었고 화물창고에도 녀석들이 한꺼번에 내려앉거나 날아오르는 탓에 일대 혼란이 벌어졌다.

　야스미나호와 지나호 그리고 아수라호는 망갈로르를 떠난 지 45일 만에 홍해 입구에서 보초처럼 지키고 있는 디오스코리드 섬(오늘날의 소코토라 섬_역주)에 닿았다. 항해 속도는 무척 빠른 셈이었지만 다섯 척 가운데 두 척을 잃었다.

　타오르와 그의 수행원들 그리고 저린 다리를 풀기 위해 즐겁게 깡충거리는 세 마리의 코끼리들에겐 모든 것이 새롭게 보였다. 그들은 향내 나는 가시 식물들, 코끼리들을 보고서 혼비백산하여 도망치는 털이 긴 염소 떼들 그리고 특히 건조하고 쾌적한 열기—인도 날씨는 습기 탓에 짓누르는 듯하다—에 깜짝 놀랐다. 한편 그 섬에 살고 있던 베두인들은 한 번도 본 적이 없는 괴물들을 데리고 상륙한 귀족들을 보고 질겁해서 집과 천막에 들어가 몸을 숨기고 손님들을 관찰했다. 타오르 일행이 산 정상에 접근했을 때 검은 옷을 입은 잘 생긴 사내아이가 그들을 기다리고 있었다.

그 아이는 간단하게 말했다.

"저의 아버지 리자 랍비님이 당신들을 기다리고 계십니다."

소년은 돌아서서 머리를 반듯하게 세우고 당당하게 걸어갔다. 바위투성이의 원곡圓谷에는 유목민들의 낮은 천막이 이따금씩 불어닥치는 바람으로 허파처럼 부풀어오르는 보랏빛의 울퉁불퉁한 껍질처럼 드리워져 있었다.

푸른 베일을 걸치고 샌들을 신은 리자 랍비는 유칼리나무로 불을 피운 곳에서 여행자들을 맞이했다. 모두 인사를 나누고 화덕 주위에 웅크리고 앉았다. 타오르는 자신처럼 귀족인 그곳의 족장에게 볼일이 있다는 것을 알고 있었다. 하지만 그처럼 가난한 모습에 깜짝 놀랐다. 왕자는 부와 권력, 호사와 권위는 불가분의 관계에 있다고 생각하기 때문이었다. 그러니 왕자는 강력한 우두머리가 천막에서 살며 단순한 낙타몰이꾼처럼 베일을 쓰고 샌들을 신는 것을 도무지 이해할 수가 없었다.

타오르는 한 하인이 리자에게 약간의 물과 소금 그리고 대충

찧은 밀가루를 가져다주는 것을 보고 다시 한 번 더 놀라지 않을 수 없었다. 족장은 손으로 밀가루를 주물러서 반죽을 만든 다음 평평한 돌 위에 놓고 눌러서 상당히 두껍고 둥근 반죽을 만들었다. 그리고 앞에 있는 모래에 자그마한 구멍을 파고 부삽으로 화덕에 있던 재와 숯불을 구멍에 넣었다. 그리고 그 위에 반죽을 올려놓고 잔가지로 덮은 다음 불을 붙였다. 첫 번째 불길이 꺼지자 반죽을 뒤집고 다시 그 위에 잔가지를 놓고 불을 붙였다. 마침내 족장은 구멍에서 빵 덩어리를 꺼내서 금작화 가지로 묻어 있던 재를 털었다. 그리고 세 조각으로 나눠서 타오르와 시리에게 한 조각씩 건네주었다. 한 무리의 주방장들과 부엌 하인들이 준비한 호사스런 정통요리에 익숙한 망갈로르의 왕자였지만 땅바닥에 앉은 채로 모래알이 씹히고 회색빛을 띠는 뜨겁고 딱딱한 빵을 맛있게 먹었다.

이윽고 족장은 설탕을 가득 넣은 박하 녹차 주전자를 매우 높이 들고 매우 작은 잔에 부어 타오르와 시리에게 접대했다. 한참 동안 침묵을 지켰던 리자가 이야기를 꺼내기 시작했다. 그는 먼저 여행, 음식, 음료 등 타오르에게 친숙한 화제부터 시작했다. 만일 리자의 말과 문장을 어렵지 않게 이해할 수 있었다면 왕자는 동시에 리자의 이야기에서 감춰진 의미를 파악하려고 애썼을 터였다. 하지만 왕자는 리자의 이야기를 어렴풋이 이해할 수는 있었지만 완전히 파악할 수는 없었다.

리자가 이야기를 시작했다.

"우리 조상들, 말하자면 최초의 베두인들은 우리들처럼 대초원지대에서 염소 떼와 양 떼를 몰면서 돌아다니지 않았습니다. 하느님께서는 그들에게 호화롭고 맛좋은 과수원을 마련해 주셨지요. 그들은 손만 내밀면 가장 맛있는 과일들을 딸 수 있었으니까요. 그러니 어떻게 그 과수원을 떠날 생각을 할 수 있겠어요?

그 끝없는 과수원에는 똑같은 과일이 열리는 동일한 나무는 한 그루도 없었습니다. 당신은 저에게 이렇게 말할 수도 있을 것입니다. '오늘날에도 몇몇 오아시스에는 제가 말하는 것처럼 맛있는 과일을 맺는 정원이 있습니다' 라고. 그들 정원에서 맺는 과일은 하느님께서 우리 조상들에게 선사했던 과일과는 거의 닮지 않았습니다.

오늘날의 과일은 빛깔이 칙칙하고 무겁습니다. 그러나 최초의 베두인들이 먹었던 과일은 빛깔도 선명했고 무겁지도 않았습니다. 당신은 저에게 말은 간단하지만 이해하기 어렵다고 반문하겠지요! 요컨대 오늘날의 음식에는 두 종류가 있습니다. 물질적인 음식은 육신에게 영양을 공급합니다. 그리고 지적인 음식은 정신을 살찌웁니다. 그러나 당신은 고기를 먹어도 아무것도 배울 수 없고 책을 먹지는 않습니다. 그런데 최초의 정원에서 맺는 과일은 이 두 종류의 배고픔을 동시에 만족시켜 주었습니다. 그 과일들은 모양, 색깔 그리고 맛이 달랐을 뿐만 아니라 각 과일이 부여하는 학문으로도 구별되었습니다.

어떤 과일들은 식물과 동물에 관한 지식을 가져다주었고 다른 어떤 과일은 수학에 대한 지식을 알려주었습니다. 그런 식으로 지리학의 과일, 천문학의 과일, 건축학의 과일, 무용의 과일 그리고 다른 학문들의 과일도 있었지요. 그렇습니다. 당시에 인간은 하느님처럼 단일성을 지녔던 것입니다. 즉, 육체와 영혼은 한 덩어리를 이루고 있었지요. 인간의 타락—어리석음, 심술궂음, 증오, 비열함, 인색함—이 진리를 두 조각으로 깨뜨리고 말았습니다. 공허하고 실속 없고 거짓된 말과 정신을 흐리게 하고 볼을 처지게 하며 배를 나오게 만드는 무겁고 기름진 음식으로 말입니다.

지상낙원의 맛좋고 빛깔이 선명한 과일을 되찾을 수 있을까요? 그렇게 하기 위해선 인간의 힘을 뛰어넘을 수 있을 만큼 중대한 개혁이 필요할 것입니다. 오직 신의 강림만이 그러한 개혁을 실현할 수 있을 것입니다. 물론 하느님은 모든 일을 하실 수 있습니다. 하느님께서는 그렇게 하실까요? 나의 백성들은 그 개혁을 희망하고 있습니다. 또한 그 개혁을 믿고 있습니다. 희망하고 있기 때문에 믿고 있는 것입니다. 누가 알겠습니까? 그 개혁이 내일 혹은 천년 후에 일어날지."

타오르는 그 이야기를 별로 이해하지 못했다. 그 이야기는 번개가 치는 짧은 순간에 새로운 경치를 드러내는 위협적인 먹구름처럼 보였다. 사실 사람들이 경이로운 기적처럼 기다리고 있는 숭고한 음식에 대해 이야기하는 것은 이번이 두 번째였다. 만일 그 기적이 일어난다면 인생은 완전히 바뀌게 될 것이었다. 어쨌든 피스타치오 열매가 든 라아트루쿰의 제조법—왕자는 이 목적을 위해 망갈로르의 궁궐을 떠났다—은 이제 뜻밖에도 고귀하고 숭고한 양상을 띠게 되었다.

세 척의 배가 북쪽을 향해 홍해를 거슬러 올라가는 동안 내내 타오르의 머리 속에서는 그런 생각이 맴돌았다. 왕자는 우현에 있는 아라비아와 좌현에 있는 아프리카에서 햇볕에 그을린 황갈색 해안이 화산 봉우리와 말라붙은 하구와 함께 차례대로 지나가는 모습을 바라보았다.

29일 동안 항해한 후 그들은 마침내 아카바만의 구석에 자리 잡은 엘라트 항구에 접근했다. 그곳에는 정말로 깜짝 놀랄 만한 뜻밖의 일이 그들을 기다리고 있었다. 항구에 정박한 선박들 가운데서 눈에 익은 배를 처음으로 알아본 사람은 가장 높은 돛대의 장루에 앉아 있던 지나호의 소년 선원이었다. 그 배는 분명히 폭풍이 몰아쳤을 때 잃어버렸던 바하나호였는데, 항구에서 일행이 도착하기를 조용히 기다리고 있었다.

재회는 기쁜 일이었다. 바하나호의 선원들은 선단의 나머지 배들이 자신의 배를 앞질러 갔다고 확신하고는 선단을 따라잡기 위해 멈추지 않고 뱃길을 부지런히 재촉했던 것이다. 하지만 먼저 도착한 것은 그들이었다. 그들은 사흘 전부터 엘라트에서 일행을 기다리면서 혹시 4척의 다른 배들이 불행히도 폭풍우에 전복되지 않았을까 하고 걱정하고 있었다.

타오르 일행은 코끼리들과 화물을 부리기 위해 포옹과 이야기를 멈춰야 했다. 그들은 휴식에 꼭 필요한 기간 동안 머무르기 위해 도시 입구에 천막을 설치했다. 이윽고 그들은 다시 북쪽을 향해 걸었다. 먼저 황량한 고지대를 횡단했다.

불그스름한 진흙은 코끼리의 육중한 발 밑에서 으스러졌다. 이윽고 길은 점점 더 기복이 심해졌다. 여행자들은 좁고 구불구

불한 길을 걸었고 협곡에 접어들거나 우기에만 물이 흐르는 메마른 강바닥을 따라갔다.

다음 날 그들은 광대한 평원에 이르렀는데 지평선에 나무 한 그루가 우뚝 솟아 있었다. 타오르와 동행인들은 그와 비슷한 나무를 본 적이 없었다. 부풀어오른 거대한 줄기는 코끼리 가죽처럼 약간 물렁물렁하고 주름이 잡힌 껍질로 덮여 있었다. 역시 코끼리 코처럼 가늘고 짧은 나뭇가지는 하늘을 향해 삐쭉 솟아 있었다. 그들은 그것이 '천년'이란 뜻을 지닌 바오밥나무라는 것을 알게 되었다. 그 나무는 그만큼 수명이 엄청 길었다.

그들은 곧 숲을 이루고 있던 다른 바오밥나무들을 발견했다. 타오르 일행은 그 나무가 코끼리와 닮은 탓에 거리낌없이 그 숲에 발을 들여 놓았다. 이상하게도 몇몇 나무의 줄기 밑에서 나뭇가지 끝까지 그림이 그려져 있거나 무늬가 새겨져 있고 혹은 조약돌이 박혀 있었다.

시리가 중얼거렸다.

"알 것 같습니다."

왕자가 물었다.

"뭘 알겠다는 말이냐?"

시리는 대답 대신에 원숭이처럼 날쌘하고 민첩한 코끼리 조련사를 불러서 그에게 나무 꼭대기를 가리키면서 낮은 목소리로 뭐라고 말했다. 그 젊은이는 코끼리 등에 올라탈 줄 알기 때문에 곧장 나무 줄기에 달려들어 굵은 나뭇가지가 있는 곳까지 단숨에 기어올랐다. 그는 줄기의 꼭대기까지 올라가더니 순식간에 구멍 속으로 사라졌다. 그런데 곧장 다시 나오더니 내려오기 시작했다. 마치 그가 발견한 것으로부터 황급히 도망치기라도 하는 듯이. 그는 땅에 뛰어내리자마자 시리에게 달려가 귀에 대고 뭐라고 말했다. 시리는 알았다는 듯이 고개를 끄떡였다.

시리가 타오르에게 보고했다.

"제가 추측했던 대로입니다. 나무 줄기는 굴뚝처럼 속이 비어서 이 지방 사람들이 무덤으로 사용하고 있습니다. 이 나무가 이처럼 장식된 것은 최근에 칼집 속에 칼을 꽂듯이 시체를 이곳에 집어넣었기 때문입니다. 줄기의 꼭대기에서 보면 하늘을 향해 누워 있는 시체의 얼굴을 볼 수 있답니다. 제가 엘라트에서 들었던 바에 의하면 바오밥나무는 '바오밥나무의 아이들'을 뜻하는 바오발리스 부족의 무덤으로 사용됩니다. 바오발리스 부족은 그들이 조상으로 간주하는 이 나무들을 숭배하고 자신들도 죽은 후에 그 속에 들어가게 되기를 희망합니다."

그날 타오르 일행은 더 멀리 가지 않고 '살아 서 있는 무덤'인 그 숲의 짙은 그늘 밑에서 숙영했다. 다음 날 새벽 그들은 불행한 소식을 듣고 깨어났다. 하얀 새끼 코끼리 야스미나가 사라진 것이었다!

사람들은 처음엔 야스미나가 도망쳤다고 생각했다. 그 새끼 코끼리를 묶어 놓은 적이 없기 때문이었다. 그들은 낯선 사람들이 소리도 내지 않고 강제로 야스니마를 끌고 갔을 것이라고는 상상하기 힘들었다. 그런데 야스미나가 낮이면 짊어지고 밤이면 내려놓는 두 개의 거대한 장미꽃 광주리가 코끼리와 함께 사라졌다. 결론은 야스미나가 약탈자들과 공모해서 끌려가는 데 동의한 것으로 내려졌다.

수색 작업이 시작되었지만 땅이 단단하고 돌이 많아서 흔적을 전혀 찾을 수 없었다. 처음으로 징조를 찾은 것은 타오르였는데 왕자는 소리를 지르면서 몸을 숙이고 엄지와 검지손가락으로 나비처럼 가볍고 부서지기 쉬운 것을 집어들었다. 장미꽃 잎이었다. 그는 모든 사람들이 볼 수 있도록 그 꽃잎을 머리 위로 들어올렸다.

"친절한 야스미나가 자신을 찾을 수 있게 가장 곱고 가장 향기로운 흔적을 남겨 두었구나. 여봐라, 찾아봐라, 장미 꽃잎을 찾아봐라. 나는 너희들이 꽃잎을 하나 주워올 때마다 그에 합당한 보상을 내리겠다."

그때부터 타오르 일행은 코를 땅에 붙이고 사방으로 흩어졌다. 이곳저곳에서 환호성이 터졌고, 꽃잎을 찾은 사람은 즉시 왕자에게 달려가 작은 은화 한 닢을 받았다. 그럼에도 불구하고 그 일은 매우 느리게 진척되었다. 그들은 날이 저물 때까지도 코끼리와 짐과 대부분의 일행이 머물고 있던 숙영지에서 별로 멀리 가지 못했다.

타오르는 두 번째 꽃잎을 줍기 위해 몸을 굽히는 순간 화살이 휙 소리를 내며 머리 위를 지나 부르르 떨면서 무화과나무의 줄기에 꽂히는 소리를 들었다. 그는 꽃잎을 찾는 일을 멈추고 집합하라고 명령했다. 잠시 후 풀과 나무들이 여행자들 주위에서 흔들거리더니 몸에는 초록색을 칠했고 나뭇잎 옷을 입었으며 꽃과 과일을 모자처럼 뒤집어 쓴 무리가 그들을 에워쌌다. "바오발리스 부족이다!" 시리가 중얼거렸다. 500명쯤 되는 무리는 모두 여행자들을 향해 화살을 겨누고 있었다. 저항한다는 것은 쓸데없는 짓이었다.

타오르는 평화와 대화를 의미하는 보편적인 몸짓으로 오른손을 들었다. 그런 다음 시리가 엘라트에서 고용한 안내인들 가운데 한 명을 데리고 궁수弓手들을 향해 나아갔더니 무리는 길을 비켜 주었다. 두 사람은 사라졌다가 두 시간 후에야 되돌아왔다. 시리가 보고했다.

"참 기이한 일입니다. 저는 대제사장임에 틀림없는 우두머리들 가운데 한 사람을 만났습니다. 그들은 바오밥나무의 어머니이자 바오발리스 부족의 할머니인 바오바마 여신의 부활을 축하하고 있습니다. 저는 그 고명하신 바오바마 여신께 경의를 표할 수 있도록 요청했습니다. 신전은 걸어서 두 시간 걸리는 곳에 있습니다."

그래도 타오르 왕자가 걱정했다.

"하지만 야스미나는 어떻게 된 것이냐?"

시리는 이상스럽게 대답했다.

"곧 찾게 될 것입니다. 너무 걱정하지 마십시오."

이튿날 아침 타오르 일행은 바오바마 신전을 향해 걷기 시작했다. 신전은 그들이 방금 전에 '살아 있는 나무 관棺'에서 보았던 것과 흡사한 무늬로 장식된 상당히 큼직한 초가집이었다. 두꺼운 초가 지붕, 가벼운 오리목으로 만든 벽, 그리고 그 모든 벽을 뒤덮고 있는 덩굴식물들은 신전 내부에 감미롭고 시원한 그늘을 만들고 유지시켜 주었다. 타오르와 그의 수행원은 보물창

고와 신성한 옷장 구실을 하는 현관에 들어섰다. 여신에게 바쳐진 거대한 목걸이들, 수놓은 안장용 융단들, 은으로 만든 모자들, 화려하고 거대한 옷가지들이 벽에 걸려 있거나 목마 위에 놓여 있었다. 하지만 지금 바오바마 여신은 완전히 벌거벗은 모습이었다. 여행자들은 장미꽃 잠자리에서 뒹굴고 있는 야스미나를 발견하고는 숨이 막힐 정도로 깜짝 놀랐다.

한참 동안 침묵이 흘렀다. 이윽고 야스미나는 코를 펼쳐서 작은 손처럼 가늘고 섬세한 코끝으로 광주리에서 꿀을 바른 대추야자 열매를 꺼내 그것을 날름거리는 자신의 혀 위에 올려놓았다. 그러자 왕자는 야스미나에게 다가가서 비단 주머니를 열고 왕자 일행이 주워 모은 한줌의 장미 꽃잎을 잠자리에 쏟았다. 야스미나는 코를 뻗쳐 코끝으로 왕자의 뺨을 가볍게 스쳤다. 그것은 다정하고 의젓한 작별의 동작이었다. 타오르는 그가 가장 사랑하는 코끼리가 후피동물과 바오밥나무의 유사성 탓에 바오발리스 부족의 여신이 되었고 따라서 야스미나를 결정적으로 잃게 되었다는 것을 깨달았다. 왕자는 야스미나를 바오발리스 부족에게 남겨두고 나머지 세 마리의 코끼리들과 함께 베들레헴을 향해 떠났다.

타오르 일행은 하룻밤을 보내기 위해 샘물이 속삭이고 동굴이 여기저기에 패어 있는 이상한 고장 에탐—베들레헴에서 도보로 하루 걸리는 곳—에서 멈췄다. 그때 그들은 반대편에서 오고 있던 화려한 행렬—백인과 흑인, 말과 낙타가 뒤섞여 있는—을 만나게 되었다. 가스파르 왕과 발타자르 왕 그리고 삼촌에게 왕위를 빼앗긴 멜쉬오르 왕자의 행렬이었다. 그들은 예루살렘에서 무시무시한 헤로데 대왕의 영접을 받은 후 베들레헴에서 오는 길이었다. 처음엔 오직 혜성만이 그들을 안내했다. 그리고 헤로데의 점성술사들이 그들에게 유대인들의 새로운 왕이 막 태어난 베들레헴에 가야 한다고 정확히 알려주었다. 그들은 전전날에 그곳에 있었다.

타오르는 기뻐서 온몸이 떨렸다. 그러니까 '신성한 과자 제조인'의 탄생지를 찾아다니는 사람은 타오르뿐만이 아니었다! 뭔가 중대한 일이 준비되고 있었다. 아니 이미 일어났다. 하늘의 별 하나가 그 일을 예고했고 헤로데 대왕조차 자신의 점성술사들에게 물어보지 않았던가!

그날 저녁에 그들은 모닥불을 피우고 빙 둘러앉았다. 한참 동안 침묵을 지킨 후 타오르는 마침내 그들을 만난 순간부터 묻고 싶어 안달 했던 질문을 던졌다.

"여러분은 그분을 보셨습니까?"

가스파르, 멜쉬오르 그리고 발타자르가 동시에 대답했다.

"네, 우리는 그분을 만났습니다."

"그분은 으리으리한 수행원들에 둘러싸인 왕자나 왕 혹은 황제입니까?"

세 사람이 한 목소리로 대답했다.

"그분은 소와 당나귀가 지켜보는 가운데 외양간의 짚더미에서 태어났습니다."

타오르 왕자는 너무도 깜짝 놀라 입을 다물었다. 그가 찾으러 온 사람은 '신성한 과자 제조인'으로 그 맛이 너무도 각별해서 다른 모든 음식의 맛을 잃게 하는 과자 분배자였다.

타오르가 다시 말했다.

"세 분이 동시에 말씀하지 마십시오. 정신을 차릴 수가 없습니다."

그래서 한 사람씩 차례대로 이야기하기로 했다. 발타자르는 예술 애호가였고, 가스파르는 한 여인 탓에 마음에 상처를 입었고, 멜쉬오르는 정치적 권력에 대해 자문하고 있었다. 결국 가장 불안해하는 것처럼 보였던 사람은 멜쉬오르였고 그가 설명하기 시작했다.

　"우리가 예루살렘을 떠났을 때 헤로데 왕은 우리와 동행할 수 없어 유감이라고 말했습니다. 그는 나이도 많고 병도 심해 짧은 여행조차 할 수 없었습니다. 그는 우리에게 베들레헴까지 혜성을 따라가서 아기 예수를 찾아내고 자신의 이름으로 경배한 후 예루살렘으로 되돌아와서 보고하라는 사명을 맡겼습니다. 우리는 죽어가고 있는 폭군이 호화롭게 대접을 했던 외국 왕들로부터 배신을 당했다는 말을 할 수 없도록 그의 요청에 충심으로 따르려고 했습니다. 그런데 가브리엘 대천사께서 나타나서 우리에게 예루살렘을 들르지 말고 떠나라고 당부하셨습니다. 헤로데가 아기 예수에 대해 음모를 꾸미고 있다는 것이었지요. 우리는 어떻게 처신해야 좋을지 한참 동안 토론했습니다. 나는 우리의 약속을 충실하게 지켜야 한다고 주장했습니다. 그것은 명예와 직결된 문제였습니다. 게다가 우리는 헤로데 왕이 속았다는 것을 알게 될 경우 얼마나 잔인하게 복수할 것인지를 잘 알고 있습니다. 우리는 예루살렘을 잠시 들러서 헤로데의 불신을 진정시키고 큰 불행을 예방할 수도 있었을 것입니다. 하지만 가스파르 왕과 발타자르 왕은 가브리엘 대천사의 명령에 따르자고 주장했습니다. 그들은 "이번엔 대천사가 우리의 길을 비춰

주셨다!'고 소리쳤습니다. 나 혼자서 두 분과 맞섰지만 가장 젊고 가장 가난한 나는 결국 두 분의 의견에 따랐습니다. 하지만 후회하고 있습니다. 헤로데의 분노와 우리의 책임을 생각하면 불안해서 견딜 수 없습니다."

타오르는 너무 당황한 나머지 동시에 떠오르는 그 모든 의문을 만족시킬 수 있는 대답을 찾을 수 없었다. 그 놀라운 사실들이 그의 머리를 어지럽게 만들었다. 특히 그는 세 명의 왕이 그에게 이야기한 것과 자신의 여행의 동기—사람들이 그에게 약속한 신성한 음식—사이에서 어떤 관련성도 찾을 수 없었다.

타오르가 떠듬떠듬 말했다.

"여러분의 이야기는 흥미롭습니다. 하지만 나와는 너무 관계가 먼 이야기입니다. 사실 우리는 각자 다른 관심거리를 가지고 있고, 아기 예수는 우리의 가장 깊은 속사정을 매우 정확하게 예견해서 각자에게 적합한 대답을 해주신 것 같습니다. 나는 아기 예수가 말라바르 해안에서 달려온 이 '설탕의 왕자'에게 해줄 대답을 준비해 놓고 기다리고 있다고 확신합니다."

발타자르 왕이 말했다.

"타오르 왕자, 나는 그대의 신뢰와 천진함에 감동을 받았습니다. 하지만 구유의 아기가 그대를 너무 오래 기다리지 않도록 조심하세요. 베들레헴은 임시로 모인 장소에 지나지 않습니다. 가족 단위로 본적지에 가서 등록하라는 황제의 인구 조사령 때문에 온 왕국이 몹시 소란스럽습니다. 마을마다 도착하고 떠나는 곳일 뿐입니다. 그대는 다른 사람들보다 먼 곳에서 왔기 때문에 마지막 방문객이 될 것입니다. 나는 그대가 너무 늦게 도착하지 않을까 걱정입니다."

발타자르의 충고가 타오르에게 유익한 도움이 되었고 다음날 이른 새벽에 타오르 일행은 베들레헴을 향해 떠났다. 만일 심각한 사태가 벌어지지 않았더라면 그들은 분명히 그날로 베들레헴에 도착했을 터였다.

먼저 뇌우가 터진 바람에 바짝 마른 강은 맹렬한 격류로 변했다. 만일 땅이 웅덩이로 변해서 그들의 진로를 어렵게 만들지 않았더라면 사람들과 코끼리들은 시원하게 해주는 소나기를 기꺼이 맞았을 것이었다. 이어서 갑자기 해가 다시 나타났고 물에 흠뻑 젖은 땅에서 짙은 수증기가 무럭무럭 피어올랐다. 여행자들이 한낮의 햇살을 받으며 재채기를 해대고 있었을 때 코끼리의 절망적인 울음소리가 그들의 뼈를 오싹하게 만들었다. 그들은 코끼리의 모든 울음소리를 구별할 수 있었고 방금 들려온 괴음이 죽음을 의미하는 소리임을 알고 있었기 때문이었다.

잠시 후 지나 코끼리는 코를 치켜들고 두 귀를 부채처럼 펼친 채 전속력으로 돌진하면서 지나는 길에 있는 것을 닥치는 대로 떼밀고 짓밟았다. 사망자들과 부상자들이 속출했고 아수라 코끼리는 싣고 있던 짐을 땅바닥에 팽개쳤다. 연속되는 혼란을 제압하는 데는 많은 시간과 노력이 필요했다.

이어서 몇몇 사람이 가엾은 지나의 흔적을 찾아 나섰다. 모래가 많은 이 지역에서 지나의 흔적을 찾는 일은 쉬웠다. 광기에 사로잡힌 그 코끼리는 상당히 멀리까지 달려갔고 사람들이 추

적을 마쳤을 때는 어둠이 내리고 있었다. 그들은 처음엔 협곡에서 마치 한 다스의 벌통이 숨겨져 있는 것처럼 요란하게 윙윙거리는 소리를 들었다. 그런데 그것은 꿀벌이 아니라 말벌이었다. 그들은 이글거리며 끓는 기름처럼 전율하는 말벌 떼가 검은색과 황금색 마갑馬甲을 이루며 뒤덮은 불쌍한 지나의 시체를 발견했다.

어떤 일이 일어났는지 상상하는 것은 쉬웠다. 지나는 설탕을 싣고 있었는데 소나기에 녹아버린 설탕은 두꺼운 시럽이 되어 지나의 가죽을 뒤덮은 것이었다. 나머지 일은 말벌 집단이 많은 이 근처에서 이루어졌다. 분명히 말벌의 침이 코끼리의 가죽을 뚫을 수는 없었겠지만 꼬리 밑 부분과 그 주위에 있는 연하고 민감한 생식기관은 말할 것도 없고 눈, 입, 귀처럼 연한 부분도 있었다. 그들은 단지 코끼리의 죽음과 설탕을 잃었다는 것을 확인했을 뿐이었다.

다음 날 타오르 일행과 두 마리의 코끼리는 베들레헴의 입구에 들어섰다. 가족 단위로 본적지에 가서 등록하라는 공식적인 인구 조사령이 떨어진 바람에 온 지방을 휩쓸었던 소동은 며칠밖에 지속되지 않았다. 베들레헴의 시민들은 일상생활을 되찾았다. 하지만 도로와 광장은 잔치나 장이 파한 후의 온갖 쓰레기들처럼 잘게 썬 짚, 말똥, 망가진 광주리, 썩은 과일 그리고 부서진 수레와 병든 짐승 등으로 더렵혀져 있었다. 코끼리들은 다른 곳에서처럼 누더기를 입은 아이들의 마음을 사로잡았다. 아이들은 단숨에 몰려들어 코끼리들을 감탄하듯 바라보거나 여행자들에게 구걸을 했다.

세 명의 왕이 그들에게 가르쳐 주었던 여관 주인은 한 남자와 한 여자가 법적인 의무를 완수한 후 아이를 데리고 떠났다고 알려 주었다. 하지만 어느 방향으로? 틀림없이 그들이 왔던 나자렛으로 돌아가기 위해 북쪽으로 떠났을 터였다. 그래서 타오르는 북쪽으로 계속 나아가라고 명령을 내릴 생각이었다. 그런데 그때 여관 하녀가 왕자의 생각이 잘못되었다는 것을 깨닫게 해 주었다. 그녀는 그 부부가 미리 경고를 받은 심각한 위험에서 벗어나기 위해 이집트가 있는 남쪽 방향으로 내려갈 것이라는 말을 듣고 깜짝 놀랐다고 전했다.

도대체 어떤 위험이 아내와 아이를 데리고 여행하는 가난한 목수를 그토록 위협할 수 있었단 말인가? 타오르는 헤로데 왕을 떠올렸다. 헤로데는 세 명의 왕이 그의 명령에 따르지 않을 경우 그들에게 보복을 할 것이라고 하지 않았던가! 특히 멜쉬오르는 그를 얼마나 두려워했던가! 남쪽은 그들의 선단이 기다리고 있던 엘라트로 가는 방향이기도 했다. 그래서 남쪽으로 떠나기로 결정했지만 다음다음 날에 출발하기로 했다. 타오르는 지금 베들레헴에서 멋지고 유쾌한 계획을 구상하고 있었기 때문이었다.

타오르가 말했다.

"시리, 내가 궁전을 떠난 이래로 배우게 된 모든 것들 중에서 전혀 짐작하지 못했고 나를 몹시 슬프게 만든 것이 하나 있다. 그것은 아이들의 배가 고프다는 것이야. 우리가 지나온 곳마다 우리의 코끼리들은 수많은 아이들의 관심을 끌었고 나는 아이들이 다른 누구보다도 더욱 야위고 허약하다는 것을 보고 느꼈다. 어떤 아이들은 해골 같은 다리 위에 공처럼 부푼 배를 지니고 있었지. 나는 그것이 기근의 추가적인 징조라는 걸 잘 알고 있다.

그래서 나는 이렇게 결심했다. 우리는 우리가 상상하고 있는 신성한 과자 제조인에게 선물로 바치기 위해 맛있는 것들을 코끼리 등에 잔뜩 실어왔다. 나는 이제 우리가 잘못 생각했다는 것을 깨달았어. 구세주는 우리가 기대하고 있는 그런 분이 아니다. 게다가 짐과 짐을 호송하는 빵 제조인들이 점점 줄어들고 있어. 그래서 우리는 베들레헴을 굽어보는 서양 삼나무 숲에서 성대한 만찬을 준비하고 이 도시의 아이들을 초대할 거야."

그리고 나서 타오르는 즐겁다는 듯이 열정적으로 임무를 분담시켰다. 자기 주인이 미쳤다고 점점 더 확신하고 있던 시리는 깜짝 놀라지 않을 수 없었다. 빵 제조인들은 불을 피우고 빵을 만들기 시작했다. 곧 빵과 캐러멜 냄새가 베들레헴의 골목골목으로 퍼져 나갔다. 사실 모든 아이들을 초대할 수는 없는 노릇이었다. 그들은 아이들의 부모들을 초대하고 싶지 않았다. 그러니 혼자 움직일 수 없거나 먹을 수 없는 어린아이들을 제외시켜야만 했다. 그들은 의논한 후 두 살 이상의 아이들을 초대하기로 결정했다. 가장 어린 꼬마들은 형이나 누나들로부터 도움을 받게 될 것이다.

해가 지평선 뒤로 사라지자 첫 번째 아이들이 서양 삼나무 정원에 나타났다. 타오르는 이 소박한 아이들이 자신들에게 선행을 베푸는 이들의 명예를 위해 최선을 다한 것을 보고 감동했다. 아이들은 모두 깨끗하게 몸을 씻었고 머리를 손질했으며 하얀 옷을 입었다. 장미 화관이나 월계관을 쓴 어린이도 드물지 않았다. 타오르는 지난밤에 마을의 골목길에서 고함을 지르며 서로 뒤쫓았던 꼬마 아이들의 모습을 찾아볼 수 없었다. 서양 삼나무 숲, 촛대들, 은과 수정 식기들이 놓인 하얀 탁자에 몹시 감격한 아이들은 손에 손을 잡고 그들에게 배정된 자리까지 조심스럽게 걸어갔다. 아이들은 의자에 똑바로 앉았고 누가 시킨 것처럼 식탁 위에 팔꿈치가 닿지 않도록 조심하면서 앙증맞은 주먹을 꼭 쥐고 식탁보 가장자리에 올려놓았다.

사람들은 즉시 아이들에게 꿀을 탄 향기롭고 시원한 우유를 가져다주었다. 아이들이란 언제나 목이 마르다는 것은 잘 알려진 일이기 때문이었다. 물을 마시는 것은 또한 식욕을 돋구는 일이다. 사람들이 대추로 만든 젤리, 흰 치즈를 넣어 만든 과자, 파인애플 튀김, 생호두알을 넣은 대추야자 열매, 여주(아시아 남부의 과실수_역주) 열매를 넣은 수플레(달걀 흰자 위에 우유를 섞어 구워 만든 요리_역주), 편도를 넣은 크림 과자, 그리고 수많은 다른 요리들을 가져오자 아이들의 눈이 휘둥그레졌다.

타오르는 좀 떨어진 곳에서 놀라움과 경탄으로 가득 찬 눈길로 그 광경을 바라보았다. 밤이 되었다. 소나무 횃불이 흔들거리며 황금빛을 발산하고 있었다. 어두운 서양 삼나무 숲에서 하얀 식탁보와 아마포를 입은 아이들은 빛의 섬을 이루고 있었다. 하늘 한복판에서 유령이 나타났거나 천사들이 향연을 벌이는 것 같았다. 갑자기 모두 숨을 죽였다. 밤의 정적 속에서 밤새의 비명이 들리는가 싶더니 보이지 않는 마을에서 대성통곡이 들려왔다.

네 사람이 들것 위에 거대하게 쌓아올린 과자 건축의 걸작을 운반해 오는 것을 보자 아이들은 먼저 가져다 놓은 음식들을 거들떠보지도 않았다. 그것은 누가엿, 편도과자, 캐러멜 그리고 절인 과일로 망갈로르 궁전의 모습을 그대로 축소한 것이었다. 물론 시럽으로 만든 연못들과 마르멜로 열매의 반죽으로 만든 조각상들 그리고 안젤리카로 만든 나무들도 있었다. 그리고 여행에 참여한 다섯 마리의 코끼리들도 잊지 않고 편도 반죽으로 만들었고 얼음 설탕으로 상아를 만들었다.

그 걸작이 나타나자 아이들은 황홀한 듯 속삭이며 그것을 맞이했다. 한편 마을로부터 병아리의 목을 졸라 죽일 때 나는 울음소리처럼 수많은 아이들의 날카로운 비명소리가 들려왔다.

타오르는 가장 가까운 곳에 있던 투구처럼 꼭 죄는 까만 곱슬머리의 어린 양치기에게 황금 삽을 내밀었다. 왕자의 격려를 받은 아이가 황금 삽을 누가엿으로 만든 궁전의 둥근 지붕에 내리꽂자 궁전은 연못으로 무너져 내렸다.

바로 그때 시리가 나타났다. 그는 재와 피로 더렵혀졌고 옷이 찢겨져 알아볼 수 없을 지경이었다. 그는 왕자에게 달려와서 식탁에서 조금 떨어진 곳으로 왕자의 팔을 끌어당겼다. 시리는 헐떡이며 말했다.

"타오르 왕자님, 이 지방은 제가 몇 번이나 말씀 드린 것처럼 저주받은 곳입니다! 한 시간 전부터 헤로데의 병사들이 마을을 습격해서 죽이고 있습니다. 인정사정 없이 죽이고 있습니다!"

"그들이 죽인다고? 누구를! 모든 사람들을?"

"아닙니다. 어쩌면 그게 더 나을지도 모릅니다. 그들은 두 살 이하의 사내아이들만 죽이라는 명령을 받은 것 같습니다."

"두 살 이하라고? 우리가 초대하지 않은 가장 어린아이들을?"

"바로 그렇습니다. 그들은 어머니 품에 있는 아이들까지도 죽이고 있습니다."

타오르는 비탄에 빠져 고개를 떨구었다. 그것은 그가 궁궐을 떠난 후 겪었던 시련 가운데 가장 고통스런 충격이었다. 하지만 왜? 도대체 왜? 사람들은 헤로데의 명령이었다고 했다. 그때서야 타오르는 세 명의 동방박사가 예루살렘으로 돌아가서 헤로데에게 임무의 결과를 보고하겠다는 약속을 지켜야 한다고 주장했던 멜쉬오르의 말이 떠올랐다. 약속은 지켜지지 않았고 헤로데의 신뢰는 배신되었다. 그래서 늙은 폭군은 복수를 한 것이었다. 두 살 미만의 모든 사내아이들이라고? 이 지방 사람들은 다른 어느 곳보다도 가난한 만큼 생식력은 더욱 강한데 어떻게 그런 짓을 할 수 있단 말인가? 지금 이집트 땅을 밟고 있는 아기 예수는 최소한 이 잔인한 학살을 모면했다. 폭군의 맹목적인 분노는 표적에서 빗나간 것이었다.

아이들은 시리의 출현에 신경을 쓰지 않았다. 그들은 마침내 활기를 띠기 시작했고 먹을 것을 입에 가득 넣은 채 떠들고 웃으면서 가장 좋은 몫을 차지하려고 서로 다투었다. 타오르와 시리는 어둠 속으로 물러가면서 그들을 물끄러미 바라보았다.

타오르가 말했다.

"어린 동생들이 죽어가고 있는데 저 아이들은 맛있는 것을 정신없이 먹고 있다니! 저 아이들은 이제 곧 끔찍한 사실을 알게 되겠지."

새벽에 여행자들은 적막에 휩싸인 베들레헴 거리를 지나갔다. 간간이 오열이 들려왔다. 그 학살은 안개와 눈의 지방에서 내려온 얼굴이 불그죽죽한 킴메르 사람들로 구성된 헤로데의 외국인 용병대에 의해 저질러졌다. 폭군은 그 끔찍한 임무를 그들에게 맡겼던 것이다. 용병들은 도시를 덮쳤을 때처럼 순식간에 사라졌다.

타오르는 개들이 어느 낡은 오두막의 문간에 응고된 핏덩어리를 핥고 있는 광경을 보지 않기 위해 눈길을 돌렸다. 타오르 일행은 끊임없이 내리막길을 걸었고 때로는 길이 너무 경사져서 코끼리들의 육중한 발 밑에서 잿빛 흙덩어리들이 무너져 내리기도 했다.

해가 지자마자 오돌토돌한 흰 바위들이 나타나기 시작했다. 여행자들은 그 암석을 조사했는데 그것은 소금 덩어리였다. 그들은 서리로 뒤덮인 것처럼 보이는 잎도 없고 메마른 하얀 소관목 숲으로 들어갔다. 나뭇가지들은 도자기처럼 부서졌고 역시 소금이었다. 마침내 저 멀리 푸른 강철빛을 띠는 저지대가 언뜻 보였을 때 해는 그들 뒤로 사라졌다. 그것은 사해였다. 그들은 밤을 보내기 위해 야영을 준비할 때 한줄기 돌풍이 독한 유황 냄새를 실어왔다.

시리가 침울하게 말했다.

"우리는 베들레헴에서 지옥의 문을 넘었습니다. 그때부터 우리는 끝없이 '사탄의 제국'(사해—약 1000㎢—의 표고는 지중해보다 400m 낮고 예루살렘보다 800m 낮다_역주) 속으로 빠져들고 있습니다."

다음 날도 내리막길은 계속되었다. 무너져 쌓인 흙더미 한가운데로 빠져 들어가면 들어갈수록 대기 속에는 화학성 냄새가 더욱 짙게 배어 있었다. 마침내 사해의 해변이 보이자 사람들은 신선하고 깨끗하게 보이는 물을 향해 달리기 시작했다. 가장 빨리 달려간 사람들은 코끼리들과 동시에 물 속에 뛰어들었다. 하지만 그들은 곧 눈을 비비고 구역질을 해대며 빠져 나왔다. 그것은 사해가 소금뿐만 아니라 취소, 마그네시아, 나프타가 포화되어 있기 때문이다. 마법사의 진짜 수프 같은 이들 물질은 입을 끈적끈적한 것으로 더럽히고 눈을 화끈거리게 하며 상처를 덧나게 하고 햇볕에 마르면 수정 같은 딱지로 변하는 끈적끈적한 도료로 온몸을 뒤덮는다.

가장 늦게 도착한 일행 중의 한 사람인 타오르는 그 물질을 직접 체험하고 싶었다. 그는 조심스럽게 뜨거운 액체 속에 앉았다. 그리고 노를 젓는 것처럼 손을 움직였다. 그러자 헤엄을 친다기보다는 배처럼, 아니 보이지 않은 안락의자에 앉은 것처럼 물 위에 뜨기 시작했다. 그렇게 앞으로 나가다가 바위라고 여겼던 거대한 흰 버섯에 근접했다. 사실 그것은 밑바닥에 뿌리를 박은 소금 덩어리였다.

그들은 해골처럼 하얗게 닳은 나무 줄기들이 널려 있는 물가에 천막을 쳤다. 오직 코끼리들만이 그 바다의 이상한 성질에 가담한 것 같았고 그 부식성의 액체 속에서 귀까지 잠긴 채 코로 서로에게 샤워를 해주고 있었다.

해가 질 무렵 여행자들은 다른 어떤 것보다도 훨씬 더 그들을 놀라게 한 작은 참극을 목격하게 되었다. 건너편에서 검은 새 한 마리가 그들을 향해 납빛 바다 위를 날고 있었다. 그것은 늪지대를 좋아하는 철새인 일종의 뜸부기였다. 그런데 인처럼 빛나는 하늘에서 뚜렷이 부각되는 새의 형체가 점점 더 힘겹게 날더니 고도를 잃는 것 같았다. 건너야 할 거리는 얼마 되지 않았으나 물에서 올라오는 유독가스가 모든 생명을 죽이고 있었다. 갑자기 날개짓이 불안정해졌다. 날개짓이 더욱 빨라졌지만 제자리에 매달려 있었다. 갑자기 새는 운석처럼 떨어졌고 물은 소리도 내지 않고 튀기지도 않은 채 새를 삼켜버렸다.

시리가 천막 안으로 들어가면서 투덜거렸다.

"이 지방은 저주받은 곳이야! 우리는 정말로 악마의 왕국에 내려온 거야. 우리가 이곳에서 영원히 빠져나갈 수 없게 될지도 모르지!"

다음 날 아침 그들에게 닥친 불행한 소식은 그 불길한 예감을 확인시켜 주는 것 같았다. 먼저 두 마리의 코끼리가 실종된 것을 확인하게 되었다. 하지만 오랫동안 찾을 필요는 없었다. 코끼리들은 그들 눈앞에 목소리가 닿는 거리에 있기 때문이었다.

코끼리 형상을 띤 두 개의 거대한 소금 버섯이 다른 소금 덩어리들과 함께 나란히 서 있었다.

코끼리들은 코를 이용해서 서로에게 물을 뿌려 준 탓에 점점 더 두꺼운 소금 딱지로 뒤덮이게 되었고 밤에도 목욕을 계속해서 끊임없이 무거워졌다. 그들은 소금 덩어리에 의해 마비되고 질식되고 짓눌려서 그 꼴이 되고 말았다. 하지만 코끼리들은 수백 년, 아니 영원히 보존될 것이다.

그 코끼리들은 마지막 남은 두 마리였기 때문에 피해는 돌이킬 수 없을 만큼 심각했다. 그때까지만 해도 여행자들은 잃어버린 코끼리들이 싣고 다녔던 짐 가운데 가장 귀중한 짐을 남아 있던 두 마리의 코끼리 등에 나눠 실을 수 있었다. 이제는 그것도 끝장이었다. 짐꾼들이 부족한 탓에 엄청난 양의 생필품과 무기들 그리고 화물들을 버리지 않을 수 없게 되었다.

하지만 더욱 심각했던 점은 사람들이 갑자기 코끼리가 단순히 짐을 운반하는 짐승이 아니라 그들의 조국과 왕자에 대한 충성의 상징이었다는 것을 깨닫게 된 것이었다. 지난밤까지만 해도 그들은 망갈로르 왕자의 탐험대로서 사해의 해변가에 천막을 쳤다. 하지만 그날 아침에는 막연히 구조를 기대하며 남쪽으로 걸어가는 소수의 조난자들에 불과했다.

그들이 사해 남단에 이르는 데는 꼬박 사흘이 걸렸다. 그들은 전진함에 따라 점점 더 가까워지는 반대편 기슭을 바라보았다. 그들은 곧 두 기슭이 합쳐지리라고 예상했을 때 기이하고 음산한 유적지를 보고 걸음을 멈췄다. 그것은 한때는 틀림없이 웅장했을 도시의 유적지였다. 그런데 그 도시는 한창 풍요로웠을 때 한순간에 파괴된 것 같았다. 궁전들, 테라스들, 회랑들, 그리고 동상들, 극장들, 상점들이 연못을 에워싸고 있던 거대한 광장이 신의 불길에 밀랍처럼 녹아버렸다. 그 거대한 공동묘지에는 남자들, 여자들, 아이들 그리고 당나귀들과 개들의 윤곽이 벽과 도로에 박혀 있었다. 수십만 개의 태양이 내뿜는 불길이 그렇게 만든 듯했다.

시리가 울먹였다.

"여기서는 한 시간, 아니 일 분도 더 지체할 수 없습니다! 나의 주인이자 친구이신 타오르 왕자님, 이제 왕자님도 아실 겁니다. 우리가 막 지옥의 마지막 단계에 도달했다는 것을. 그런데 우리는 망자도 아니고 지옥에 떨어진 사람도 아닙니다. 그러니 떠납시다! 어서 물러갑시다! 우리의 선단이 엘라트에서 우리를 기다리고 있습니다."

하지만 타오르는 시리의 탄원을 한쪽 귀로만 들었다. 타오르는 동시에 다른 목소리─베들레헴에서 아기 예수를 놓친 이래로 이 지방에서 그를 붙잡고 호소하는─를 듣고 있는 듯했다. 분명히 이 모든 일은 피스타치오 열매가 든 라아트루쿰으로부터 시작되었다. 하지만 그는 여행의 단계마다 새로운 사실을 발견하게 되었다. 특히 이 끔찍하고 기이한 지방에는 지금까지 본 것과 비교되지 않을 만큼 배울 게 많이 있을 거라고 예감했다.

그들은 폐허가 된 어느 신전에 도착했다. 타오르는 안뜰의 계단을 몇 개 기어올라 갔다. 그리고 동행자들을 향해 돌아섰다. 그는 아무것도 이해하지 못한 채 모험에 따라나선 부하들에게 애정과 고마움을 느꼈다. 그러나 이젠 그들이 사태를 파악하고 스스로 결정해서 무책임한 아이들 같은 짓을 멈춰야 할 때였다.

타오르가 그들에게 말했다.

"나, 망갈로르의 왕자 타오르는 선언합니다. 여러분은 이제부터 자유인입니다. 여러분은 나에 대한 모든 의무로부터 벗어났습니다. 노예들은 해방되었고 언약이나 계약으로 얽매인 사람들은 모든 법적인 구속으로부터 벗어났습니다. 우리는 베들레헴에서 한편에서는 아이들이 음식을 즐기고 다른 한편에서는 동생들이 죽어가는 모습을 보았습니다. 나는 오직 나만이 들을 수 있는 어떤 목소리에 순종합니다. 엘라트 항구에 있는 우리의 선단은 언제라도 떠날 준비가 되어 있습니다. 엘라트로 돌아가든지 나와 함께 이곳에 남든지 결정권은 여러분에게 있습니다. 나는 여러분을 쫓아내지 않겠습니다. 그렇다고 억지로 붙잡을 생각도 없습니다. 여러분은 자유인입니다."

그리고 나서 타오르는 입을 다물고 그들과 다시 합류했다. 그들은 한참 동안 어두운 골목길을 따라 걸었다. 마침내 그들은 예전에 별장의 안뜰이었던 듯한 곳으로 몰려 들어갔다. 땅바닥에서 무수한 무리가 스쳐 지나갔다. 그들이 쥐나 뱀의 보금자리를 건드린 모양이었다.

타오르는 몇 시간 동안 잠을 잤다. 그는 골목길에서 딱딱거리는 지팡이 소리에 잠을 깼다. 동시에 누군가가 초롱을 들고 가는지 그림자가 벽에서 춤을 추었고 곧 불빛도 사라졌고 소리도 멀어졌다. 잠시 후 마치 야경꾼이 규칙적으로 순찰을 도는 듯이 소리가 다시 들렸고 불빛도 다시 반짝였다. 이번에는 야경꾼인 듯한 사람이 안뜰로 들어왔다. 그가 초롱을 들어올리는 바람에 타오르는 눈이 부셨다. 그는 혼자가 아니었다. 그 뒤에 다른 사람이 가려져 있었다. 그는 타오르에게 머리를 숙였다. 그는 까만 옷을 입었는데 몹시 창백한 얼굴과 뚜렷이 대조를 이루었다.

그 뒤에 있는 동료는 손에 묵직한 곤봉을 들고 기다리고 있었다. 그는 다시 몸을 일으키더니 웃음을 터뜨렸다.

그 남자가 말했다.

"외국 귀족분들이시군요. 소돔에 오신 것을 환영합니다!"

그는 더욱 크게 웃음을 터뜨렸다. 마침내 그는 돌아서서 들어왔을 때처럼 다시 나갔다. 하지만 흔들거리는 초롱의 불빛 덕분에 타오르는 그 남자를 뒤따라왔던 사람을 더욱 잘 볼 수 있었다. 왕자는 놀라움과 공포로 정신이 아찔했다. 그는 벌거벗은 게 아니라 살갗이 벗겨져 있었다. 피처럼 빨간 그의 전신에서는 전율하는 근육과 신경 그리고 혈관이 선명하게 드러났다.

시간이 흘렀다. 타오르는 얕은 잠을 자다가 꿈을 꾸기도 하고 간간이 소리와 소음—달구지가 굴러가는 소리, 포석 위에서 이동하는 짐승들의 발소리, 고함, 호출, 욕설—을 들으면서 시간을 보냈다. 마침내 왕자는 일어나서 주위를 둘러보았다. 그는 자기 곁에 한 사람밖에 남지 않았다는 것을 알아챘다. 분명히 시리겠지? 확신할 수가 없었다. 그 남자는 머리까지 이불을 뒤집어쓰고 자고 있기 때문이었다.

타오르는 이름을 부르면서 그의 어깨를 흔들어 깨웠다. 잠자던 사람이 이불을 걷어 제치고 헝클어진 머리를 타오르에게 내

밀었다. 시리가 아니라 여행의 출납 담당자인 드라오마였다.

왕자가 물었다.

"여기서 뭐하고 있니? 다른 사람들은 어디에 있지?"

드라오마가 말했다.

"왕자님은 우리에게 자유를 돌려주셨고 그들은 떠났습니다. 시리를 따라 엘라트 쪽으로 갔습니다."

"시리는 뭐라고 변명하면서 떠났지?"

"이 도시는 저주받은 곳이지만 왕자님은 아리송하게도 이 지방에 붙들리셨다고 말했습니다."

타오르는 놀라며 물었다.

"시리가 그렇게 말했어? 하지만 정말 나는 누구인지는 몰라도 그분을 만나기 전에는 이 지방을 떠날 결심을 할 수 없어. 그런데 너는 왜 남았지? 너만이라도 끝까지 이 왕자에게 충실하게 남아 있고 싶었니?"

드라오마는 솔직하게 말했다.

"아닙니다, 왕자님. 저 역시 기꺼이 떠났을 것입니다. 하지만 저는 이번 여행의 회계 담당자입니다. 저는 왕자님께 회계 보고를 드려야 합니다. 저는 왕자님의 결제를 받지 않고는 망갈로르에 갈 수 없습니다. 더구나 우리의 지출이 엄청나거든요."

"내가 회계 보고서에 서명을 해주면 너도 즉시 도망을 갈 것이냐?"

드라오마는 부끄러워하지 않고 대답했다.

"네, 왕자님. 저는 하찮은 회계원에 불과합니다. 제게는 아내와 아이들이 있습니다."

타오르는 그의 말을 중단시켰다.

"좋아, 좋아. 결제를 해주겠다. 하지만 우선 이 굴에서 벗어나자."

그들은 함께 떠났다. 타오르는 한 번도 느껴본 적이 없는 행복감에 도취된 채 걸었다. 그는 맛있는 음식들, 코끼리들, 부하들, 모든 것을 잃었고 또 어디로 가야 할지도 몰랐다. 그는 경쾌함과 자유로움을 만끽했다.

그들은 군중이 웅성대는 희미한 소리, 낙타의 울음소리, 둔탁한 소리에 이끌려 도시의 남쪽으로 향했다. 그들은 어느 광장에 이르렀는데 한패의 대상이 떠날 채비를 하고 있었다. 운반용 낙타는 단 한 가지 상품, 즉 소금만을 실어 날랐다. 소금 짐은 두 종류였다. 하나는 낙타 한 마리에 네 개씩 싣는 반투명한 장방형의 소금 덩어리였고, 다른 하나는 원뿔형으로 주조되어 종려나무 잎으로 만든 가마니에 포장되는 소금이었다.

타오르는 짐이 낙타의 등에서 미끄러지는 것을 방지하기 위해 새끼줄로 복잡하게 엮고 있는 한 젊은 낙타 몰이꾼을 지켜보았다. 그때 여섯 명의 병사들이 그를 심문하더니 좁게 에워쌌다. 타오르는 알아들을 수 없었지만 꽤 격렬한 말다툼이 벌어졌고 병사들은 그를 체포해서 끌고 갔다. 상인들이 사용하는 주판을 허리에 매달은 몹시 뚱뚱한 한 남자가 옆에서 그 장면을 주시하다가 분노를 함께 나눌 수 있는 중인을 찾는 듯이 주위를 두리번거렸다. 갑자기 타오르를 알아보고는 이렇게 설명했다.

　"저 사기꾼은 내게 빚을 갚아야 합니다. 그런데도 녀석은 대상들과 함께 도망칠 준비를 하고 있었다니! 도망치기 전에 체포할 수밖에 없지요!"

　타오르가 물었다.

　"저 사람을 어디로 데려갑니까?"

　"물론 재판관 앞이지요!"

　"그 다음엔 어찌 됩니까?"

　상인은 화를 내며 말했다.

　"그 다음이라고요? 당연히 내게 돈을 갚아야지요. 그런데 갚을 능력이 없을 테니까 소금 광산에 가게 될 것입니다!"

　상인은 그것도 모르느냐는 듯이 어깨를 으쓱하고는 병사들의 뒤를 따라 달려갔다.

소금, 소금, 언제나 소금뿐이었다! 타오르는 베들레헴에서부터 각 문화를 대표하는 음식인 밀(blé), 포도주(vin), 조(mil), 쌀(riz), 차(thé)처럼 세 글자로 구성된 소금(sel)이라는 말밖에 듣지 못했다. 그런데 사실 소금 자체는 음식도 아니고 음료수도 아니다. 실제로 그것은 생물이 아니라 화학물질이고 교환 화폐로 사용되기도 하고 고기와 생선의 방부제로도 쓰이는 특이한 결정체이다.

병사들과 죄수 그리고 여전히 그들의 뒤를 따라가던 뚱보 상인이 벽 뒤쪽으로 사라졌다. 타오르와 회계원은 좁은 계단을 찾아내고 들어갔다. 그들은 마침내 아름답고 넓은 지하실에 도착했다. 사람들이 조용히 왕래하고 있었고 법정은 구석에 있었다.

타오르는 천년 전에 하느님이 저주해서 파괴한 소돔의 모든 주민들, 즉 남자들, 여자들, 아이들을 유심히 살펴보았다. '하느님 자신도 이곳을 끝장내지 못한 이상 이 종족은 전멸되지 않았다고 믿어야겠지.' 타오르는 그렇게 생각했다. 그들은 키가 평균 신장을 넘지 않았는데도 메마른 체격과 강렬한 인상 탓에 커 보였다. 하지만 그들에게서—여자들이나 아이들에게서조차도—상냥함과 신선함을 느낄 수 없었다. 그들의 얼굴에는 존경을 강요하고 동시에 공포를 느끼게 하는 딱딱함과 냉담함이 서려 있었다.

타오르와 드라오마는 낙타 몰이꾼이 재판을 받게 될 법정으로 다가갔다. 호기심이 많은 몇몇 사람들과 슬픔에 짓눌린 표정으로 네 명의 아이들을 꼭 붙들고 있는 한 여인이 병사들과 원고가 있는 쪽으로 몰려갔다.

이윽고 빨간 가죽옷을 입고 음산한 도구들을 감시하는 세 명의 형리가 나타났다.

재판장과 배석판사들은 마지못해 피고의 대답과 항변을 듣고 있었다. 피고가 말했다.

"만일 나를 감옥에 집어넣는다면 나는 더 이상 일을 할 수 없을 것입니다. 그렇게 되면 내가 무슨 수로 돈을 벌어서 빚을 갚을 수 있겠습니까?"

그러자 고소인이 빈정거렸다.

"누군가가 당신에게 다른 일자리를 제공하게 될 거야."

유죄판결이 확실해졌다. 피고의 아내와 아이들의 울음소리가 더욱 커졌다. 바로 그때 타오르는 법정 앞에 나가서 발언권을 요청했다.

"이 사람에게는 유죄판결을 받게 되면 심하게 타격을 입게 될 아내와 네 명의 아이들이 있습니다. 재판관들과 원고는 소돔을 지나가는 부유한 여행자에게 피고를 대신해서 빚을 갚도록 해 주시겠습니까?"

그 제안은 모든 사람들을 깜짝 놀라게 만들었다. 사람들이 재판석 주위로 몰려들기 시작했고 재판장은 상인에게 가까이 오라고 손짓했다. 그들은 낮은 목소리로 잠시 상의했다. 이윽고 재판장은 손바닥으로 책상을 두드리며 조용히 하라고 요구했다. 이어서 이의없이 즉각 빚의 총액을 지불한다는 조건으로 외국인의 제안을 수용하겠다고 선언했다.

타오르가 물었다.

"총액이 얼마입니까?"

사람들은 깜짝 놀라 여기저기서 소곤댔다. 이 관대한 외국인은 치러야 할 돈이 얼마인지도 모르고 빚을 갚겠다고 나섰다니!

상인이 직접 타오르에게 대답했다.

"나는 연체 이자와 소송비용은 포기하겠습니다. 1탤런트 이하의 우수리도 없애겠습니다. 간단히 말해서 33탤런트만 받으면 빚을 청산하는 걸로 간주하겠습니다."

33탤런트라고? 타오르는 탤런트의 가치는 물론이고 다른 모든 화폐에 대한 개념이 없었다. 그러나 33이라는 숫자가 별것 아닌 것처럼 보여서 안심했다. 그는 조용히 드라오마에게 얼굴을 돌리고 간단히 말했다.

"지불하게."

모든 사람들의 호기심이 회계원에게 쏠렸다. 그는 정말로 낙타 몰이꾼을 해방시켜 줄 마술적인 행동을 완수할 수 있을 것인가? 드라오마가 외투에서 꺼낸 돈은 대수롭지 않은 액수처럼 보였다.

드라오마가 설명했다.

"타오르 왕자님, 왕자님은 저에게 우리가 쓴 지출과 손실에 대해 보고할 여유를 주지 않았습니다. 우리가 망갈로르를 떠난 이후로 지출과 손실은 엄청납니다. 보디호가 수염수리 때문에 버려졌을 때……."

타오르가 그의 말을 중단시켰다.

"우리의 여행담은 말할 필요가 없다. 얼마나 남았는지 솔직하게 내게 말해라."

회계원은 단숨에 늘어놓았다.

"제게는 2탤런트, 20므나, 7드라크마, 은전 5시클 그리고 5오볼이 남았습니다."

사람들은 요란한 웃음소리를 터뜨렸다. 그처럼 지체 높은 귀

족처럼 행사하면서 자신만만해 하던 저 여행자가 사기꾼에 지나지 않다니! 타오르는 분노와 부끄러움으로 얼굴이 붉어졌다. 어떻게 그럴 수가! 불과 한 시간 전까지만 해도 그는 자신의 무소유가 제공하는 경쾌함과 자유로움을 즐기기 않았던가! 그것도 첫 번째 시련에 직면해서 자신의 회계원을 향해 단 한번의 손짓으로 모든 문제를 해결할 수 있는 굉장히 부유한 왕자처럼 처신을 하다니! 낙타 몰이꾼과 그의 아내 그리고 그의 아이들을 그들의 슬픈 운명에 내버려두거나 아니면 그들을 위해 전적으로 책임을 져야 했다. 타오르는 손을 들고 다시 발언권을 요청했다.

"재판관 여러분, 나는 먼저 여러분에게 나를 자세히 소개하지 않은 것에 대해 사과를 드려야 하겠습니다. 나는 망갈로르의 왕자이고 마하라자 타오르 말라르 왕과 마하라니 타오르 마모레 왕비의 아들인 타오르 말레크입니다. 나는 지금까지 화폐를 본 적도 만진 적도 없었습니다. 탤런트, 므나, 드라크마, 시클, 그리고 오볼. 이것들은 내가 들어본 적도 언급한 적도 없는 단어들입니다. 33탤런트, 이게 저 남자를 구하는 데 필요한 돈입니까? 나는 그만한 돈을 가지고 있지 않다는 것을 미처 생각하지 못했습니다. 그건 아무래도 좋습니다! 나는 여러분에게 다른 것을 제안하겠습니다. 나는 젊고 건강합니다. 내 배를 보고 판단한다면 어쩌면 지나칠 정도로 건강합니다. 특히 내겐 아내도 아이도 없습니다. 나는 여러분에게 정식으로 죄수를 대신해서 내가 당신들의 소금 광산에 수감될 수 있도록 요청합니다. 나는 그곳에서 33탤런트의 빚을 갚는 데에 필요한 돈을 벌 때까지 일하겠습니다."

사람들은 웃음을 멈췄다. 그 엄청난 희생 앞에서 숙연해지고 존경심을 나타내지 않을 수 없었다.

재판장이 말했다.

"타오르 왕자, 당신은 조금 전에 채무자를 석방하는 데 필요한 금액의 규모를 헤아리지 못했습니다. 당신은 이번엔 우리에게 비교도 안 될 만큼 더욱 중대한 제안을 하고 있습니다. 당신이 지불하겠다고 제안하는 것은 당신의 생명에 직결되는 문제이니까요. 충분히 심사숙고한 것입니까? 사람들이 조금 전에 당신을 비웃었다고 홧김에 결정한 것은 아닙니까?"

타오르가 대답했다.

"재판장님, 인간의 마음은 모호하고 불안정한 것입니다. 나는 어떤 동기가 이러한 결정을 부추겼는지 별로 알고 싶지 않습니다. 중요한 것은 내 결정이 확고하고 번복할 수 없다는 것입니다. 나는 그 점에 대해선 절대적으로 확신합니다."

재판장이 선고했다.

"그럼, 좋습니다. 당신 뜻대로 하시오. 이 사람에게 쇠고랑을 채워라!"

형리들이 즉시 도구를 가지고 타오르의 발치에 앉았다. 손에 여전히 돈주머니를 갖고 있던 드라오마는 겁에 질린 눈으로 좌우를 살펴보았다.

타오르가 그에게 말했다.

"친구여, 그 돈을 네가 가져라. 여행하는 데 필요할 거야. 자, 가라! 가족이 기다리고 있는 망갈로르로 돌아가라. 두 가지만 부탁하겠다. 첫째, 네가 방금 목격한 것과 내게 지워진 운명을 망갈로르에 가서 한마디도 발설하지 마라."

"알겠습니다, 왕자님. 일체 발설하지 않겠습니다. 그리고 다른 한 가지는 무엇입니까?"

"나를 포옹해 다오. 내가 언제 다시 고국의 사람을 만나게 될지 모르니까."

그들은 포옹했다. 그런 다음 드라오마는 서두른다는 인상을 애써 감추면서 사람들 사이로 물러갔다.

형리들은 타오르의 발치에서 바쁘게 일을 했다. 풀려난 죄수는 가족과 함께 기쁨을 감추지 못했다. 타오르는 끌려가기 전에 마지막으로 재판장을 향해 돌아섰다.

"나는 33탤런트의 가치만큼 노역을 해야 한다는 것을 알고 있습니다. 그런데 그만한 돈을 모으려면 죄수 한 사람이 얼마 동안이나 일을 해야 합니까?"

그 질문은 이미 다른 사건의 조서에 몰두하고 있던 재판장을 깜짝 놀라게 한 것 같았다.

"33탤런트를 벌려면 소금 광산에서 일하는 죄수 한 명이 얼마 동안이나 일해야 하냐고요? 그건 분명하지요. 33년!"

재판장은 어깨를 으쓱한 다음 고개를 돌렸다.

33년이라니! 실질적으로 인생 전체가 아닌가! 타오르는 현기증을 느꼈고 그는 비틀거렸다. 사람들이 그를 지하 소금 광산으로 데려갔던 것은 기절해 있을 때였다.

소금 광산에 도착한 신참 죄수에게 가장 힘든 충격은 생활 환경의 변화였다. 무엇보다도 자살을 방지해야 했다. 그래서 광산 당국은 신참 죄수를 쇠사슬에 묶고 독방에 감금했다. 불가피한 경우엔 가느다란 호수를 이용해서 강제로 음식을 먹였다. 일단 절망적인 최초의 위기를 넘기면 5년이 되기 전에는 햇볕을 다시 볼 수 없었다. 신참 죄수는 그 기간 동안에 그와 똑같은 생활 조건에 처해진 광산 죄수들밖에 만날 수 없었다. 제공받는 음식은 마른 생선과 짠물뿐이었다.

설탕의 왕자인 타오르에게 가장 고통스러운 것은 두 말 할 것도 없이 음식이었다. 첫날부터 그는 지독한 갈증으로 목구멍이 타는 듯했다. 하지만 그것은 아직은 부분적이고 피상적인 목구멍 언저리의 갈증에 불과했다. 조금씩 그런 갈증은 가라앉았지만 대신에 더욱 은밀하고 깊은 다른 갈증, 말하자면 식수를 공급받지 못한 몸 전체의 갈증이 생겼다. 그는 그 갈증이 내부에서 끊임없이 타오르는 것을 느꼈고 만일 죽기 전에 자유의 몸이 되어 그 갈증을 진정시키려면 수많은 세월이 필요하리라는 것을 알고 있었다.

소금 광산은 순전히 암염을 파고 들어가면서 생긴 지하 갱도와 방 그리고 통로가 연결된 거대한 망으로 이루어졌다. 그것은 지하에 매장된 소돔 밑에 있기 때문에 이중적으로 매장된 진짜 지하 도시였다.

작업은 토목 인부, 석수 그리고 석공이 분담했다. 토목 인부는 갱도를 팠고 석수는 소금 덩어리를 추출했다. 석공은 그 소금 덩어리를 희끄무레한 판 모양으로 잘랐다. 암염이 단단하기 때문에 붕괴될 위험은 없었지만 그렇다고 위험이 없는 것은 아니었다. 이따금씩 암염 속에서 걸쭉한 찰흙 주머니가 발견됐다. 몇몇 지역의 벽에서는 움직이지 않는 괴물 같은 유령들, 즉 낙지나 퉁퉁 부어오른 말 혹은 거대한 새가 모습을 드러냈다. 찰흙 주머니가 터질 때도 있었다. 그때는 우레와 같은 소리가 들렸고 모든 갱도는 인부들과 함께 끈적끈적한 찰흙으로 잠겼다.

소금 채굴은 97개의 갱도에서 이루어졌고 매주 소돔을 떠나는 두 패의 대상들에게 포석 모양의 소금을 공급했다. 또한 염전에서 햇볕에 말려 생산하는 바다 소금도 있었다. 염전 작업은 노천에서 이루어지기 때문에 지하 광산에서 일하는 인부들은 염전에서 일하고 싶어했다.

어떤 사람들은 간절히 아부해서 염전에 배치를 받기도 했다. 하지만 수년 전부터 갱도의 희미한 빛에 익숙해진 대부분의 인부들은 피부와 눈을 태우는 햇볕에 견디지 못하고 지하로 되돌아가야 했다.

어떤 인부들의 피부는 소금 작용으로 마모되었고 피부는 갓 아문 상처를 다시 덮는 피부처럼 얇아지고 투명해졌다. 피부가 벗겨진 것 같은 인부들은 어떤 옷도 견딜 수 없었다. 소금이 옷을 까칠까칠하게 만들기 때문이었다. 사람들은 그들을 '빨간 사람들'이라고 불렀다. 타오르가 소돔에 도착한 첫날밤에 보았던 것도 그들 가운데 한 사람이었다.

타오르는 '빨간 사람'이 되지는 않았다. 하지만 입과 입술은 말라붙었고 눈은 뺨을 따라 흘러내리는 고름으로 가득찼다. 그와 동시에 배는 쑥 들어갔고 몸은 등이 굽고 오그라든 애늙은이처럼 변했다.

타오르는 오랫동안 소금 판을 자르고 다듬었던 거대한 지하실—교회의 내부처럼 넓은—, 갱도와 갱도를 잇는 축축한 통로 그리고 특히 50여 명의 다른 사람들과 함께 먹고 자는 이상한 거실에서 살았다. 죄수들은 거실에서 암염을 가지고 탁자, 안락의자, 옷장, 침대 그리고 장식용 샹들리에와 동상까지도 조각하면서 여가시간을 보냈다.

수년이 지난 후 타오르는 다시 햇빛을 볼 수 있게 되었다. 그는 소금 제조인들의 식량을 마련하기 위해 물고기를 잡으러 가는 여행에 참가하게 된 것이었다. 그 고기잡이는 사해가 식물이든 동물이든 어떤 생명도 용인하지 않기 때문에 참으로 기이한 것이었다. 실제로 그 여행은 요르단강이 흘러드는 사해의 북쪽 끝까지 거슬러 올라가는 것이었다. 목적지에 가는 데 걸어서 사

흘, 생선 광주리를 가지고 되돌아오는 데 나흘이 걸렸다.

　새들이 우글거리는 소관목들로 그늘지고 물고기가 바글거리는 요르단강은 경쾌하게 노래를 부르며 사해에 다다른다. 그 다음엔 끔찍한 일이 일어난다. 강물이 노란 협곡에 떨어지면 협곡은 물을 오염시키고 도약을 저지한다. 여전히 강의 가장자리에서 악착스레 버티고 있는 식물들은 오그라들고 이미 소금과 모래에 젖은 가지들을 치켜들고 있다. *결국 사해는 병든 물을 흡수하고 남쪽이 막혀 있어 한 방울도 유출하지 않고 완전히 소화한다. 요르단강의 하구에 독수리들이 빙빙 돌고 있다는 것은 물고기가 풍부하다는 것을 나타낸다. 요르단강의 물고기들——주로 잉어, 돌잉어, 메기——이 오염된 바닷물에 질식되어 배를 드러내 놓고 무수히 떠오른다. 죄수들이 그물을 가지고 거둬들이려고 애쓰는 것은 이미 반쯤 소금에 절은 죽은 물고기였다. 그

---

*옛날에 요르단강은 사해가 증발한 수량만큼 보충해서 사해의 수위는 항상 같았다. 그런데 몇 년 전부터 이스라엘 사람들은 농경지에 물을 대기 위해 요르단강의 일부 수로를 바꿨다. 그 결과 사해의 수위는 계속 낮아지고 있으며 사해가 완전히 고갈될 가능성도 배제할 수 없다. 지중해와 사해를 연결하는 80킬로미터의 운하 건설 계획이 추진되고 있다. 400미터의 고저 차이를 이용해서 지중해 물을 사해에 공급할 수 있고 또한 발전소를 가동할 수 있다.

들이 사냥터에서 인간의 침입으로 난폭해진 독수리들의 공격을 받는 것은 드문 일이 아니었다.

더욱 이상한 것은 타오르도 참여했던 작살을 이용한 사냥이었다. 나룻배는 바다 한복판까지 천천히 나아가 능숙한 한 사내가 손에 줄을 맨 작살을 들고 배 앞쪽에서 몸을 기울이고 끈적끈적한 심연을 탐색하고 있었다. 무엇을 노리는 것일까? 다른 바다에서는 나오지 않는 난폭한 까만 괴물―가령 머리 없는 황소―일지도 모른다. 갑자기 금속성의 액체가 가장 짙은 곳에서 소용돌이 치는 그림자가 눈 깜짝할 사이에 커지더니 배에 달려드는 게 아닌가! 그 순간에 그놈을 붙잡아서 배 위로 끌어올려야 했다. 물론 그것은 생물이 아니었다. 그것은 바다 밑바닥이 토해내서 표면에 떠오르는 역청 덩어리였다. 이 역청은 선박의 틈을 메우는 데 사용될 뿐만 아니라 의약품과 물물교환 상품으로도 귀중한 것이었다.

그렇게 고기잡이 여행을 하면서 타오르는 그가 일행과 함께 밤을 보냈던 해변을 찾아보려고 애썼다. 하지만 전혀 찾을 수 없었고 소금을 뒤집어쓴 두 마리의 코끼리―위치를 쉽게 찾을 수 있는 데도―조차도 사라져버린 것 같았다. 그의 모든 과거는 영원히 지워진 것 같았다.

어쨌든 과거가 딱 한 번 떠오르긴 했다. 어느 날 타오르가 일하는 여섯 번째 갱도에 얼굴이 공처럼 둥글고 거드름을 몹시 피우는 한 사람이 들어왔다. 그의 이름은 클레오판트였고 직업은 과자 제조인이었다. 그들이 나란히 쉬고 있던 어느 날 밤, 타오르는 더 이상 참지 못하고 그에게 물었다.

"라아트루쿰 과자가 뭡니까? 말해 주세요. 클레오판트, 당신은 라아트루쿰 과자가 어떤 것인지 알 게 아닙니까?"

그 과자 제조인은 소스라치게 놀랐고 마치 처음으로 만난 듯이 타오르를 뻔히 쳐다보았다.

그가 타오르에게 물었다.

"왜 당신은 라아트루쿰에 관심이 있소?"

"이야기하자면 너무 길어집니다."

"이것만이라도 알아두시오. 라아트루쿰은 당신처럼 불쌍한 인간의 입에는 들어가서는 안 될 만큼 고상하고 감미롭고 특별한 과자이지."

"나도 예전에는 불쌍한 인간은 아니었습니다. 예전에 라아트루쿰 과자를 먹어본 적이 있다고 말한다면 당신은 틀림없이 내 말을 믿지 않을 것입니다. 당신에게 아무것도 숨기지 않겠습니다. 나는 피스타치오 열매가 든 라아트루쿰 과자도 먹어봤습니다. 또한 그 제조법을 알아내기 위해 매우 비싼 대가를 치렀습니다. 그런데 당신도 알다시피 나는 아직도 그 제조법을 알아내지 못했습니다."

클레오판트는 거드름을 피우며 말했다.

"틀림없이 당신은 트라가칸트 고무에 대해 들은 적이 없을 것이오. 그것은 우리나라에서 자생하는 한 소관목의 수액이지. 그 수액은 찬물에 두면 부풀고 말리면 단단해져서 약제사는 그것으로 호흡기 질환용 연고를 만들고 이발사는 포마드를 만들어. 그리고 세탁소 주인은 그것을 와이셔츠의 깃에 풀을 먹이는 데 사용하지. 하지만 그 용도의 절정은 라아트루쿰 과자를 만들 때지."

타오르는 클레오판트가 매우 상세하게 설명해 준 피스타치오 열매가 든 라아트루쿰 제조법을 거의 듣지 않았다. 그 라아트루쿰에 관한 내막은 이제는 그에게 얼마나 멀게 그리고 하찮게 느껴지는가! 시리가 망갈로르 궁궐에 가져온 그 라아트루쿰은 아주 작은 한 알의 씨앗에 지나지 않았다. 하지만 그 씨앗은 발아하고 뿌리를 내리며 나무가 되면서 그의 인생을 뒤흔들어 놓았다. 하지만 꽃이 활짝 피게 되면 하늘을 가득 채우게 될 것이다.

소돔의 상류사회는 가끔 청소와 정원 손질 혹은 허드렛일을 시키기 위해 소금 광산 관리인들에게 죄수들을 보내 달라고 요청했다. 그들에게 죄수는 온순하고 까다롭지 않으며 게다가 임금을 지불하지 않아도 되는 일손이었다. 그리하여 타오르는 소돔의 상류사회를 엿볼 수 있게 되었다. 그는 하인이나 요리사 조수로 고용되었기 때문에 사람들의 눈에 띄지 않고도 모든 것을 관찰하고 들을 수 있었다. 그들의 얼굴은 언제나 미소를 짓고 있었지만 결코 웃는 법이 없었고, 눈에는 속눈썹이 없고 눈꺼풀을 전혀 깜박거리지 않았으며, 코는 거만하게 위로 젖혀졌고, 얇은 입술은 오직 빈정댈 줄만 알며, 특히 두 볼에는 주름이 깊게 패여 있었다.

소돔은 천년 전에 파괴되었는데 소돔 주민들이 유대인들의 신인 야훼께서 금지한 사랑의 행위를 즐겼기 때문이었다. 타오르도 그 사실은 알고 있었지만 그 결합방식이 정확히 어떤 것인지 도무지 알아낼 수가 없었다. 그가 동료들에게 물어볼 때마다 그들은 그의 순진함을 야유하면서 대답했다. 한번은 동료들 가운데 한 사람이 이렇게 설명해 주었다.

"모든 사람들은 얼굴을 마주 보며 사랑을 나누지. 그런데 소돔 사람들은 후배위를 즐기지."

그러자 모두 폭소를 터뜨렸다. 그래도 타오르는 전혀 이해하지 못했다. 그들은 롯의 부인에 대한 전설을 얘기해 주었다. 야훼께서는 롯에게만 소돔이 파괴될 것이라고 알려주었다. 그래서 롯은 심판날에 아내와 두 딸을 데리고 도망쳤다. 야훼께서는 롯의 가족에게 뒤를 돌아보지 말라고 명하셨고 만일 그 명령을 어기면 다른 사람들처럼 죽게 될 것이라고 경고했다. 롯의 부인은 그 명령을 지킬 수 없었다. 그녀는 화염 속에 무너지는 정든 도시에게 마지막 작별인사를 전하기 위해 뒤를 돌아보았다. 변함없는 애정의 몸짓은 용서받지 못했고 야훼께서는 그 불행한 여인을 소금 기둥으로 만들어 버렸다.

롯의 부인상像—상체를 뒤로 돌린 반신상—은 소돔에서 매우 가까운 거리에 있었다. 소돔인들은 그녀를 진정으로 숭배했다. 그들은 그녀가 소금 기둥으로 변한 날을 국경일로 정하고 매년 그 조상彫像 주위에 모였다. 대표단은 장미 모양의 석고 결정체, 화석화된 아네모네, 석영 오랑캐꽃, 석고로 만든 잔가지 등 사해의 온갖 꽃을 선사했다.

그로부터 얼마 후 신참 죄수 한 명이 여섯 번째 소금 광산에 들어왔다. 벌겋게 그을린 얼굴빛, 튼튼한 근육으로 무장된 몸,

그리고 특히 어두운 지하세계를 두리번거리는 질겁한 시선. 그 것은 이 사람이 꽃이 핀 대지와 감미로운 햇살을 막 빼앗겼다는 것을 나타냈다. 빨간 사람들이 곧장 그를 에워싸고 아직도 지상 생활의 향긋한 냄새를 지닌 그의 몸을 만져보고 냄새를 맡았다.

그의 이름은 데마스였고 요르단강의 기슭에 위치한 어느 마을 출신이었다. 그 지역은 늪이 매우 많았고 물고기와 물가에 사는 새들이 풍부했기 때문에 데마스는 사냥과 낚시로 생활했다. 그는 좀더 많은 포획을 하리라는 기대에 이끌려 요르단강을 따라 내려왔고 처음엔 게네사렛 호수에 머물렀다가 마침내 사해까지 내려오게 되었다. 그는 어떤 소돔인과 다투다가 도끼로 그의 머리를 내리쳐 박살내 버렸다. 그래서 사망자의 동료들에게 붙들려 소돔에 끌려온 것이었다.

타오르는 데마스를 보살폈고 억지로라도 음식을 먹을 수 있게 도와주었다. 그는 또한 소금 방에서 그에게 몸을 바싹 붙여 누웠다. 그들은 소금 광산의 보랏빛 어둠 속에서 낮은 목소리로 오랜 시간 동안 이야기를 나누었다. 그들은 피곤해서 기진맥진했지만 잠을 이룰 수 없었다.

그러던 어느 날 데마스는 그가 티베리아드 호숫가에서 들었던 어느 설교자—사람들이 일반적으로 나자렛 사람이라고 불렀던—의 이야기를 꺼냈다. 타오르는 한마디도 하지 않았지만 그 순간부터 그의 가슴속에서는 뜨겁게 반짝이는 작은 불꽃이 타오르기 시작했다. 타오르는 그 설교자가 베들레헴에서 놓쳤던 사람이란 것을 깨달았기 때문이었다. 타오르는 그를 찾기 위해 일행과 함께 돌아가기를 거부했었다. 밤마다 데마스는 그가 직접 목격했던 간접적으로 들었던 간에 그 나자렛 사람에 대해 알고 있는 모든 것을 단편적으로 털어 놓았다.

그리하여 데마스는 예수가 가나에서 물을 포도주로 바꾸었던 혼인 잔치와 다섯 개의 작은 빵과 두 마리의 생선으로 광야에 모인 군중을 배불리 먹였던 일을 이야기했다. 데마스는 그 기적을 직접 목격하지는 않았다. 하지만 예수가 어떤 어부를 배에 태워 호수 한복판에서 그물을 던지게 했을 때 그 호숫가에 있었다. 어부는 밤새도록 고기를 전혀 잡지 못했기 때문에 마지못해 복종했는데, 이번엔 고기가 너무 많이 잡혀서 그물이 찢어지지 않을까 걱정할 정도였다. 데마스는 그 기적을 두 눈으로 직접 본 증인이었다.

마침내 타오르가 말했다.

"그 나자렛 사람은 특히 자기를 따르는 사람들을 배불리 먹이는 일에 관심이 많은 것 같습니다."

타오르는 구세주가 그에게도 가장 관심을 갖고 있는 분야에 대해 덕담을 해주면 좋겠다고 학수고대하고 있었다. 그런데 예수는 불쌍한 데마스의 입을 통해서 오직 먹는 것에만 관심을 갖고 있고, 어느 과자 제조법을 알아내기 위해 왕국을 떠났던 타오르에게 혼인 잔치와 수백 배로 늘어난 빵 그리고 배불리 먹은 가난한 사람들의 이야기를 들려준 것이었다.

　온통 음식에 관한 이야기뿐이었다. 데마스가 전한 예수의 설교 가운데 신선한 물과 물이 솟는 샘을 환기시키는 대목만큼 타오르에게 깊은 감동을 준 것은 없었다. 수십 년 전부터 그의 육신이 갈증 때문에 아우성을 치고 있는데도 그 갈증을 푸는데 짠물밖에 없었기 때문이었다. 그러니 그가 '이 물을 마시는 사람은 누구나 다시 목마를 것이나 내가 주는 물을 마시는 사람은 영원히 목마르지 않을 것이니라. 더구나 내가 주는 물은 그의 가슴속에서 영원히 솟아나는 샘물이 될 것이니라.' 라는 말을 들었을 때 소금 지옥에서 극심한 고통을 받는 사람의 감정은 어떠했겠는가!

　마침내 어느 날 밤 데마스는 예수가 '하틴의 뿔' 이라 불리는 산에 올라가서 군중에게 설교한 내용을 전해 주었다.

　'온유한 사람들은 행복하다. 그들이 땅을 가질 것이기 때문

이니라.'

타오르는 낮은 목소리로 물었다.

"또 어떤 이야기를 했습니까?"

"그분은 또 '옳은 일에 목마른 사람은 행복하다. 그 갈증이 풀어질 것이기 때문이니라.' 라고 말했습니다."

낙타 몰이꾼의 아내와 아이들이 불행한 일을 겪지 않게 하기 위해 그처럼 오래 전부터 갈증에 시달렸던 타오르에게 그 한마디 한마디가 그토록 절실하게 와 닿을 수가 없었다. 그는 데마스에게 그의 모든 삶이 들어 있는 그 몇 마디를 반복하고 또 반복해 달라고 애원했다. 그리고 매끄럽고 보랏빛이 도는 벽에 머리를 가만히 대었다.

바로 그때 기적이 일어났다. 오직 타오르만이 증인이 될 수 있는 눈에 띄지 않는 미세한 기적! 쑥 들어간 눈에서 눈물 한 방울이 뺨을 타고 흘러내려 입술에 닿은 것이었다. 그 눈물을 맛보았다. 그것은 30년 전부터 마셔 왔던 짠물이 아닌 최초의 단물이었다.

타오르는 데마스에게 또 물었다.

"또 뭐라고 말했습니까?"

"그분은 또 '슬퍼하는 사람들은 행복하다. 그들은 위로를 받을 것이기 때문이니라.' 고 말씀하셨습니다."

데마스는 소금 광산의 생활을 견디지 못하고 얼마 후에 죽었다. 밤이 없는 날들은 계속되었고 또한 너무도 단조로운 나머지 똑같은 날은 끝이 없을 것 같았다.

그런데 어느 날 아침 타오르는 마침내 도시의 북쪽 문에 혼자 있게 되었다. 누군가가 그에게 아마포로 만든 헐렁한 옷과 마른 무화과 자루 하나 그리고 동전 몇 닢을 주었다. 빚을 갚기 위한 33년의 세월이 다 흘러간 것일까? 아마도 그런 것 같았다. 셈을 전혀 할 줄 몰랐던 타오르는 간수들에게 그 긴 세월을 맡겼었다. 더구나 그가 소돔에 도착한 이래로 일어났던 모든 사건들이 뒤죽박죽이 될 정도로 지나간 세월에 대한 감각도 잃었다.

어디로 갈 것인가? 대답은 데마스의 이야기 속에 있었다. 먼저 소돔의 저지대에서 벗어나 인간적인 삶을 영위할 수 있는 고지대를 향해 올라갈 것. 이어서 서쪽으로, 특히 예수의 발자취를 발견할 가능성이 가장 큰 예루살렘을 향해 걸어갈 것.

그는 극도로 쇠약해졌으나 가벼워진 몸 덕분에 간신히 몸을 지탱할 수 있었다. 그는 마치 보이지 않는 천사들이 좌우에서 부축이라도 하는 듯이 땅의 표면에서 떠다녔다. 더욱 심각한 것은 오래 전부터 햇빛을 감당할 수 없는 눈이었다. 그는 옷의 하단을 찢어서 얼굴에 둘러매고 가늘게 갈라진 틈새로 길을 분간했다.

타오르는 잘 아는 바닷가를 따라 거슬러 올라갔다. 하지만 요르단강의 하구에 이르는 데 꼬박 일곱 날과 일곱 밤이 걸렸다. 그곳에서 서쪽으로 방향을 바꾸었다. 그는 열이틀 만에 간신히 베다니 마을에 도착했다. 그곳은 그가 석방된 후 처음으로 도착한 마을이었다. 소돔 사람들과 그들의 죄수들 틈에 끼어 33년을 함께 보낸 타오르는 인간다운 모습을 지닌 남자들과 여자들 그리고 아이들을 아무리 관찰하여도 싫증나지 않았고, 푸른 초목과 꽃이 만발한 경치 속에서 눈병은 저절로 좋아졌다. 눈앞에 펼쳐진 광경이 어찌나 상쾌했던지 곧 쓸모없게 된 눈가리개를 벗어 던졌다.

타오르는 이 사람 저 사람에게 혹시 예수라는 이름을 가진 예언자를 아느냐고 물었다. 다섯 번째로 만난 사람이 예수의 친구가 된다는 어떤 사람의 집을 가르쳐 주었다. 그의 이름은 나자로인데 마르타와 마리아 마들렌이라는 두 명의 누이들과 함께 살고 있었다. 타오르는 나자로의 집을 찾아갔지만 문이 닫혀 있었다. 어떤 이웃 사람이 타오르에게 율법에 따라 유대인들은 유대력으로 1월 14일에 유월절을 축하하기 위해 예루살렘에 간다

고 설명해 주었다. 예루살렘은 걸어서 한 시간도 안 되는 거리였다. 이미 늦은 시간이긴 했지만 그가 아리마티아의 요셉이라는 집에서 예수와 그의 친구들을 만날 가능성은 있었다.

타오르는 다시 길을 나섰지만 마을을 벗어나자마자 기절하고 말았다. 아무것도 먹지 못한 것이었다. 하지만 잠시 후 어떤 신비한 힘에 의해 일으켜 세워진 타오르는 다시 길을 재촉했다.

예루살렘까지 한 시간이면 닿는다고 했지만 그에게는 세 시간이 걸렸다. 그는 한밤중이 되어서야 예루살렘에 들어섰다. 그는 라자로의 이웃 사람이 대충 일러준 요셉의 집을 오랫동안 찾아다녔다. 그는 베들레헴에서처럼 이번에도 너무 늦게 도착한 것은 아니었을까?

타오르는 여러 집의 대문을 두들겼다. 유월절이었기 때문에 사람들은 밤이 늦었는데도 친절하게 대해 주었다. 마침내 한 여인이 문을 열어주고 들어와도 좋다고 승낙했다. 그곳은 분명히 아리마티아의 요셉의 집이었다. 그랬다. 예수와 그의 친구들은 유월절을 축하하기 위해 이층에 있는 어느 방에 모여 있었다. 아니, 그녀는 그들이 여전히 그곳에 있는지 확신할 수 없었다. 타오르는 직접 확인하기 위해 올라가기 시작했다.

그러니까 아직도 더 올라가야 했다. 그는 소금 광산을 떠난 이래로 줄곧 오르기만 했다. 하지만 두 다리가 더 이상 그의 몸을 지탱할 수 없었다. 그래도 끝까지 올라가서 문을 밀었다.

방은 텅 비어 있었다! 이번에도 너무 늦게 도착한 것이었다. 그들은 그곳에서 식사를 한 모양이었다. 식탁에는 아직도 열세 개의 술잔—별로 깊지 않고 다리가 짧고 두 개의 작은 손잡이가 달린—이 그대로 있었다. 어떤 술잔 밑바닥에는 붉은 포도주가 남아 있었다. 또 식탁에는 유대인들이 선조들의 이집트 탈출을 기념하여 그날 저녁에 먹는 누룩 없는 빵 조각이 흩어져 있었다.

타오르는 현기증에 시달렸다. 빵과 포도주! 그는 손을 뻗어 술잔을 쥐고 입술까지 들어올렸다. 그리고 빵 조각을 긁어모아 먹었다.

그런 다음 앞으로 기울어졌다. 하지만 쓰러지지는 않았다. 그가 석방된 이후로 줄곧 지켜보고 있던 두 천사가 커다란 날개로 그를 감싸고 있었다. 엄청난 빛의 기둥이 밤하늘을 가로질러 내려오자 천사들은 종신 지각자였지만 최초로 성체를 모시게 된 타오르를 데리고 하늘로 올라갔다.

투르니에의 다섯 명의 동방박사 작품해설

　　투르니에의 작품에는 총 다섯 명의 동방박사가 주인공으로 등장하는데 사제나 점성술사 혹은 박사가 아니라 모두 왕이나 왕자이다. 1980년에 발표된 『동방박사와 헤로데 대왕 원제: Gaspard, Melchior & Balthazar』에 4명의 동방박사, 즉 메로에의 흑인 왕 가스파르, 팔미렌의 왕자 멜쉬오르, 니푸르의 왕 발타자르, 망갈로르의 왕자 타오르가 나온다. 1993년에 『동방박사와 헤로데 대왕』을 대폭 축소하고 완전히 새롭게 개작해서 발표한 『동방박사 Les Rois Mages』에도 마찬가지로 네 명의 동방박사가 소개된다. 다섯 번째 동방박사(발표순으로 보면 첫 번째 동방박사)는 1978년에 출간한 『뇌조 Le Coq de Bruyère』의 한 삽화로 소개된 페르감의 왕 파우스트 1세이다.

　　세 명의 동방박사─가스파르, 멜쉬오르, 발타자르─는 각자 다른 심각한 문제를 해결하기 위해 혜성의 안내에 따라 성찰과 명상을 하며 베들레헴에 간다. 그것은 성지로 향한 3차원—시간과 공간 그리고 구도求道—여행인 순례의 길이다. 마침내 그들은 마구간에서 가장 가난한 모습으로 태어난 아기 예수—인성과 신성을 함께 지닌 중재자—에게서 문제의 모순을 극복할 수 있는 숭고한 해결책을 발견한다.

메로에(현재의 수단 북부 누비아 지역에 있었던 고대 도시)의 흑인 왕 가스파르는 어느 날 바알루크 시장에서 황금 머리채를 지닌 두 백인 노예를 발견하고 호기심에 이끌려 그들을 사들인다. 왕은 페니키아 여자 노예 빌틴에게 격렬한 호기심과 욕망을 느끼고 마침내 사랑에 빠진다. 그런데 두 노예가 남매지간이 아닌 연인관계임이 밝혀지자 왕은 질투심과 열등감으로 괴로워한다.

가스파르 왕은 결국 진정한 사랑—언제나 함께 나누는 사랑—을 이룰 수 없어 그의 점성술사인 바르카 마이의 충고대로 혜성을 따라 왕국을 떠난다. 아기 예수는 흑인의 모습으로 환하게 미소를 지으며 가스파르를 맞이하고 진정한 사랑의 의미를 깨닫게 해준다. 즉, 헤로데처럼 이기적이고 독점적이며 육체적이고 파괴적인 사랑을 하는 것이 아니라 사랑하는 사람을 존경하고 기쁨과 행복을 주는 숭고한 사랑을 배운다.

"진정한 사랑이란 다른 사람의 즐거움이 우리에게 주는 즐거움이며 그가 기뻐하는 장면을 보고 내 안에서 생기는 기쁨이며 그가 행복해 하는 것을 알고 느끼는 행복입니다. 사랑이란 즐거움의 즐거움, 기쁨의 기쁨, 행복의 행복이지 다른 것이 아닙니다." (『동방박사와 헤로데 대왕』 중에서)

학문과 예술을 사랑하는 니푸르(메소포타미아에 있던 고대 도시)의 왕 발타자르는 그리스와 로마에서 예술품을 수집하고 박물관을 세운다. 하지만 십계명의 우상숭배 금지의 계율에 따라 형상을 증오하는 성직자들은 박물관을 약탈하고 예술품을 파괴한다.

신은 인간을 자신의 '형상'과 '모습'에 따라 만들었다. 투르니에에 의하면 이 두 단어는 쓸데없는 중과부언이 아니라 실제로 아담이 죄를 지은 후에 나타난 것처럼 일어날 수 있는 위협적이고 치명적인 분리의 선을 나타낸다. 아담과 이브가 신에게 불순종한 후에 인간은 신의 '모습'을 상실하고 인간의 거짓된 '형상'은 저주받는다. 그래서 '모습' 없는 '형상'은 금지된다. 예술은 우상숭배를 퍼뜨릴 수 있는 위험을 내포하고 있기 때문이다.

발타자르는 모습이 복권復權되어 모습과 형상이 일치를 이루는 기독교 예술을 찾기 위해 베들레헴에 간다. 발타자르는 마구간의 성가족의 모습에서 모순의 결합, 즉 가장 비천한 일상생활에서 신성한 모습을 발견한다.

"나는 형상과 모습의 화해, 즉 숨겨진 모습의 재생 덕분에 다시 태어난 형상을 찾았습니다. 나는 정신에 의해 변모된 육체, 즉 볼 수 있고 만질 수 있으며 미미한 소리를 내고 향기가 나는 육체를 경배했습니다. 육체만큼 예술적인 것도 없으니까요. 눈, 귀 혹은 손만큼 아름다운 것도 없습니다. 그리고 예술가들은 육체가 저주받은 동안 내내 육체와 함께 저주받았습니다."(『동방박사와 헤로데 대왕』 중에서)

팔미렌(현재 시리아의 팔미라 도시)의 왕자 멜쉬오르는 야심 많은 삼촌에게 왕좌를 빼앗기고 목숨을 구하기 위해 탈주한다. 그의 도보여행은 다른 두 왕의 화려한 행차와 달리 가난하고 초라하며 비참한 처지를 나타낸다. 그는 지지자와 동맹국을 확보하고 왕국을 되찾은 후 찬탈자를 응징하기로 결심한다. 하지만 멜쉬오르는 헤로데 왕에게서 끔찍한 권력의 법칙, 즉 권력을 유지하

기 위해서는 폭력과 공포가 불가피하다는 것을 배우고 생각을
바꾼다.

"내 주위에는 부정한 대신들, 매수된 고문들, 음모를 꾸미는
궁인들밖에 없습니다. 왜 이런 부정부패가 생겼을까요? 겉만
번지르르한 이 모든 작자들도 원래는 선량했을 것입니다. 아니
면 적어도 다른 사람들보다 착하거나 나쁘지도 않겠지요. 단지
권력이 사람들을 타락시킨 겁니다. 그 작자들을 본의 아니게 모
두 배신자로 만든 것은 바로 나, 절대 권력을 가진 이 헤로데입
니다! 내 권력은 엄청났으니까요."

멜쉬오르는 아기 예수에게서 '연약함의 힘, 비폭력의 저항할
수 없는 부드러움, 반좌법을 초월하여 용서하는 법'을 배우고,
왕국을 포기하고 사막에 은신하며 구세주의 강림을 기다리는
공동체를 만든다.

투르니에의 네 번째 동방박사 타오르는 헨리 밴 다이크의 『네
번째 동방박사 이야기』의 주인공 아르타반의 이미지와 비슷하
다. 두 주인공은 33년 동안 귀중한 재산을 가난한 사람들에게
배분하고 헌신적으로 타인을 돕다가 시간이 너무 지체된 탓에
결국 아기 예수를 직접 경배하지 못한다.

망갈로르(인도 서남부 지방)의 왕자 타오르의 여행은 동방박사들의 여행 가운데 가장 경박한 동기로 출발했지만 가장 길고 가장 혹독하다. 그의 여행은 입문의 원리에 따라 충실히 이루어진다. 어머니 세계와의 단절, 고통, 시련, 신체의 훼손, 통과의식, 희생, 상징적 죽음 그리고 재생.

그는 연속적인 시련에 직면하고 끊임없이 지옥으로 하강한다. 순진한 망갈로르의 왕자는 터키 과자 라아트루쿰의 제조법을 획득하기 위해 수많은 부하들을 이끌고 서양에 간다. 하지만 베들레헴에 너무 늦게 도착한 탓에 다른 동방박사들과는 달리 직접 아기 예수를 만나지 못하고 모든 부하와 노예에게 자유를 돌려준 후 사탄의 도시 소돔에 들어간다. 하지만 그는 낙타몰이꾼을 대신하여 소금광산에서 일함으로써 자신의 온몸과 삶을 타인에게 바치고 마침내 최초의 성찬에 초대받고 하늘나라에 들어간다.

다른 동방박사들은 상징적으로 가장 소중한 물건을 아기 예수에게 바쳤지만 타오르는 그의 모든 재산뿐만 아니라 몸과 마음까지 모든 것을 버렸다. 모든 맛있는 것을 가난한 어린이에게 주었고 노예들을 모두 풀어주었다. 그는 복음서의 말씀처럼 가난을 실천하고 좁은 문을 선택한 것이다.

부자가 하늘나라에 들어가는 것보다 낙타가 바늘귀로 빠져나가는 것이 더 쉬울 것이다.(마태오 19장 24절)

생명에 이르는 문은 좁고 또 그 길이 험해서 그리로 찾아 드는 사람이 적다.(마태오 7장 14절)

타오르는 제2의 예수 같은 주인공이다. 예수가 40일 동안 광야에서 악마로부터 온갖 시련을 겪은 것처럼 타오르는 40일 간 폭풍우의 시련을 겪는다. 예수가 유다라는 제자의 배신으로 33탤런트에 팔린 것처럼, 타오르도 33탤런트 때문에 스스로 죄수가 된다. 예수가 지상에서 33년 간 인간이 지은 죄를 속죄하기 위해 목숨을 바친 것처럼 타오르도 순수한 의도로 한 채무자를 대신해서 33년 간 지하 소금광산에서 희생한다. 즉, 그는 자기를 버리고 스스로 십자가를 진다.

"너희가 생각을 바꾸어 어린이 같이 되지 않으면 결코 하늘나라에 들어가지 못할 것이다. 하늘나라에서 가장 위대한 사람은 자신을 낮추어 이 어린이와 같이 되는 사람이다." (마태오 18장 3-4절)

다른 동방박사들이 자신의 문제를 해결하기 위해 아기 예수를 찾았다면 타오르는 타인을 위해서 악마의 소굴 혹은 저주받은 도시 소돔에서 온몸―전번제로서―을 바쳤다. 결국 타오르는 다른 동방박사들보다 늦게 도착해서 아기 예수를 만나지 못했지만 최초로 성찬의 형식으로 그리스도를 만난다.

투르니에의 다섯 번째 동방박사 파우스트 1세─페르감(오늘날 터키 동부 베르가마)의 왕─는 일생을 학문의 진리 추구에 바친다. 하지만 왕세자를 잃고 소크라테스처럼 회의주의에 빠진다.

"세자가 죽었어. 내가 거느리고 있는 궁전의 모든 점성술사, 연금술사, 강신술사 그리고 골상학자들이 다시 한 번 더 무지를 드러냈어. 그리고 나 역시 수많은 세월 동안 연구와 학업 후 내가 아는 것이라곤 나는 아는 게 전혀 없다는 것이야!"

왕세자는 아무도 알 수 없는 병으로 죽은 것이다. 그때 혜성이 나타나자 왕은 그 떠돌이별을 아들의 영혼과 동일시하고 무작정 왕국을 떠난다. 예루살렘에서 만난 헤로데에게 진리는 '폭력과 술수의 적절한 배합'이고 학문은 그에게 정치의 하녀에 불과하다.

파우스트는 다시 한 번 회의에 빠진다. "그게 학문이었단 말인가? 추리, 실험 그리고 연구가 목표로 삼고 있었던 진리가 그처럼 고통과 죽음의 지옥에 불과하였단 말인가?" 하지만 바로 아기 예수의 상냥하고 순진한 표정에서 그는 그 질문에 대한 대답을 발견한다.

"아기는 상냥한 얼굴을 왕에게 돌리고 파란 눈을 동그랗게 떴다. 그리고 입가에는 엷은 미소가 퍼졌다. 아기의 얼굴에 천진난만한 신뢰감이 넘쳐흘렀고 맑은 눈동자에는 어찌나 순진함이 빛났던지 파우스트는 갑자기 모든 회의와 고뇌의 암흑이 마음에서 사라지는 것을 느꼈다. 그는 자신이 마치 빛의 심연 속에서처럼 아기의 맑은 시선 속에서 흔들리는 것처럼 보였다."

동방박사, 그들은 누구인가? 역자후기

　복음서들 가운데 마태오 복음 2장에서 유일하게 소개된 동방박사, 그들은 누구인가? 성서는 그들이 몇 명인지 그리고 정확히 동양의 어느 나라에서 왔는지 언급하지 않는다.

　'세 명의 왕' 또는 '동방박사들' 이라고 번역되어 사용되는 그리스어 '마고스' (μαγος)는 본래 '현자' 또는 '해몽가' 라는 뜻이다. 그리고 라틴어 'magus' 에서 유래된 'mage' 는 '사제', '마술사', '마법사' 또는 '현인' 을 의미한다. 또 동방박사들을 지칭하는 영어 'wise men(현자들)' 은 그리스어 'magoi' 혹은 라틴어 'magi' 를 번역한 것인데, 그 단어는 'magu' 에서 파생된 것으로 페르시아의 조로아스터교의 사제를 가리키는 말로 사용되었다.

　고대 사제들은 종교의식, 신학, 의술, 천문학, 지리학, 점성술, 예언 등 그야말로 박식한 만물박사였다. 유대인들은 바빌론 유

수 시절에 바빌로니아의 사제직에 대해 알게 되었고, 다니엘서에서는 '점성가'라는 단어가 '박사'와 동의어로 사용되었다. 고대 사제들은 그리스도의 탄생 직전에 하느님이 구세주의 탄생을 특별한 징조—별—를 통해서 이 세상에 알린다는 예언을 알고 있을 것이라고 추론할 수 있다.

성서에 언급된 박사들의 이야기는 너무도 짧아 그들이 어떤 존재인지 확실하지 않다. 그들은 아기 예수를 보기 위해 여행하고 경배한 후 돌아간다. 그들이 동방의 현자(혹은 점성술사, 사제)였을까? 아니면 왕들이었을까? 또 몇 명이었을까? 아무도 정확히 알 수 없다.

마태오 복음사가는 동방에서 별을 보고 예루살렘에 온 이들을 '마고스'라고 소개하는데, 이 단어는 특히 천문학에 관한 지식을 가지고 있던 사람들을 일컫는다. 3세기에 오리제네스는 마고스가 아기 예수에게 세 가지 예물—황금, 유향, 몰약—을 드렸다는 기록에 근거해서 이들이 세 명이었다고 간주했다. 8세기에는 '마고스'들에게 이름까지 붙여 동방박사들은 세 명의 왕, 즉 멜쉬오르(혹은 멜키오르), 가스파르(혹은 가스퍼르), 발타자르(혹은 발타사르)이며 각기 다른 나라(바빌로니아, 페르시아 그리고 인도)에서 왔다고 전한다.

중세의 전설에 의하면 이들의 시신은 헬레나(콘스탄티누스 1세의 어머니)에 의해 콘스탄티노플로 옮겨졌는데 후에 이탈리아의 밀라노로 옮겨졌고 나중에 다시 독일의 쾰른 성당으로 옮겨졌다고 한다. 그래서 그들은 '쾰른의 세 왕들'이라 불리기도 한다. 동방박사를 지칭하고 이 책 원서의 제목으로 사용된 프랑스어 'Les Rois Mages'는 사제나 마법사와는 전혀 관계없는 '현명한 왕들'이다.

　모든 것은 상징이다. 성상학에 따르면 목자들은 가난한 사람들을 상징하고, 동방박사들은 권세와 부를 상징한다. 이들 세 박사는 상징적인 선물—황금(재산), 몰약(영원), 유향(신성한 것)—을 봉헌한다.

　전통적으로 푸른 옷을 입고 유향이 들어 있는 성체기聖體器를 들고 있는 가스파르는 아프리카를 나타내고, 붉은 옷을 입고 황금으로 가득한 항아리를 들고 있는 발타자르는 아시아를 상징하며, 초록색 옷을 입고 몰약 상자를 돌고 있는 멜쉬오르는 유럽을 나타낸다. 총체성과 완성의 상징인 3이란 숫자는 근본적이고 완전한 수이다. 따라서 동방박사가 꼭 세 명이었다고 주장할 필요는 없는 것 같다. 전설에 의하면 동방박사는 본래 네 명이었다고 하지만 더 있을 수도 있다고 생각된다.

동방박사에 대해서 13세기 프랑스의 자크 드 보라진이 저술한 『황금전설』과 『고대전설』 그리고 『러시아 정교회전설』에 짧게 언급되어 있다. 네 번째 동방박사에 관한 전설을 토대로 소설화한 작품으로는 미국인 장로교 목사이자 프린스턴 대학교 문학교수였던 헨리 밴 다이크의 『네 번째 동방박사 이야기(The Story of the Forth Wise Man)』(1905)와 독일인 에드차르트 샤퍼의 『네 번째 동방박사의 전설』이 있다.

헨리 밴 다이크의 이야기를 간단히 요약하면 다음과 같다. 페르시아 산맥의 엑바타나라는 도시에 불을 숭배하는 조로아스터교의 사제이며 학자 혹은 박사인 아르타반, 카스파르, 멜키오르, 발타자르는 옛 성현들의 예언을 상고하고 별을 연구하며 인류의 구세주가 태어나실 것을 기다리다가 유대 땅에 구세주 왕이 곧 태어나실 것을 알게 된다.

이들은 구세주께 경배하기 위해 페르시아로부터 유대 땅을 향해 멀고 먼 길을 함께 떠나기로 약속한다. 아르타반은 집과 전 재산을 팔아 사파이어와 루비와 진주를 구입한 후 떠나게 된다. 아르타반은 열흘째 되는 날 밤 길에 쓰러져 있는 히브리인 병자를 발견하고 그를 돌보느라 일행을 만나지 못하고 혼자 황량한 사막을 건넌다.

세 명의 동방박사들이 아기 예수께 경배하고 떠난 지 사흘째 되던 날에 베들레헴에 도착한 아르타반은 로마 병정들의 창검 소리와 여인들의 울부짖는 소리를 듣는다. 아르타반은 아기를 살리기 위해 품고 있던 붉은 루비를 그들에게 내주고 이집트로 내려가 아기 왕을 찾아 헤맨다. 굶주린 사람을 만나면 먹을 것을 주고 헐벗은 사람에게는 옷을 주고 아픈 사람을 만나면 치료해주고 포로로 끌려온 사람들을 위로해준다.

세월은 흘러 검은머리가 하얀 눈처럼 백발이 되고 집을 떠난 지 33년, 나이가 70이 넘는다. 그때 새로 나신 왕이 예루살렘으로 돌아가셨다는 소문을 듣고 행인을 붙잡고 왕에 대해 물어보니 오늘 두 강도를 골고다에서 십자가에 못박아 죽이는데 사람들이 메시아라고 믿어온 예수라는 사람도 같이 죽인다고 한다.

십자가에 사형을 당할 그 예수라는 이가 혹시 내가 평생토록 찾던 그분이 아닐까? 그런데 아르타반은 감옥 입구를 지나가다가 한 남자에게 끌려가며 울부짖는 어린 소녀를 만나게 된다. 아르타반은 왕께 드릴 마지막 예물을 내주고 노예로 팔려가던 소녀를 구한다.

그런데 갑자기 하늘이 캄캄해지며 땅이 흔들리고 지붕 위의 무거운 기왓장이 떨어지며 늙은 아르타반을 덮친다. 아르타반은 피를 흘리며 쓰러진다. 그때 어디선가 은은하고 부드러운 음성이 들려온다. "내가 진실로 너희에게 이르노니 너희가 여기 내 형제 중에 지극히 작은 자에게 한 것이 곧 내게 한 것이니라." 그의 얼굴에 놀람과 기쁨의 광채가 퍼지며 숨을 거둔다.

신화와 전설 그리고 성서의 작가 미셸 투르니에는 동방박사의 경배에서 영감을 받아 그린 성화, 창세기에서 가장 어두운 신화 가운데 하나인 저주받은 도시 소돔, 백성들에게는 위대했지만 정적에게는 가장 포악했던 헤로데 대왕의 역사 등에 바탕을 두고 아기 예수에게 세 가지 선물을 바친 전통적인 세 명의 동방박사─가스파르, 멜쉬오르, 발타자르─와 경외經外 성서와 구전에서 전해지는 네 번째 동방박사─타오르─를 감동적으로 생생하게 되살린다.

감성과 경험보다는 지성을 중시하는 대다수의 프랑스 소설처럼 투르니에의 작품들은 사실 전문연구가가 아니면 쉽게 이해할 수 없을 만큼 은유와 상징적 표현이 많고 신화와 종교 그리고 철학적 고찰이 심오하다.

작가가 『방드르디, 태평양의 끝』을 비교적 쉽게 축약해서 『방드르디, 원시의 삶』을 쓴 것처럼 1980년에 발표한 그의 네 번째

장편소설 『가스파르, 멜쉬오르, 발타자르』(한국어 번역판은 『동방박사와 헤로데 대왕』)를 대폭 축소하고 완전히 새롭게 해서 『동방박사 Les Rois Mages』(소담출판사 『환상여행』)라는 이름으로 새로운 책을 출간했다(본 역자와의 인터뷰에서 『마왕』도 쉽게 고쳐서 다시 출간할 것이라고 약속했다).

『환상여행』은 신화와 전설 그리고 성서가 어우러진 작품이다. 이 세 가지 중대한 요소를 먼저 정확하게 인식하는 게 중요하다. 이 소설은 상상력이 훌륭한 작가가 꾸며내고 지어난 황당무계한 이야기인가? 우선 특히 신화란 무엇이며 왜 이 작품이 전설과 신화와 관련된 이야기인지 알아야 할 것이다. 클로드 레비스트로스는 신화란 '태초에 일어났던 것에 대한 이야기며 사물과 생물과 세상 그리고 현재와 미래의 기원을 동시에 이해하려고 추구하는 이야기'라고 정의한다. 엘리아드는 신화를 '신들의 신성한 세계와 인간의 세속적인 세계를 근본적으로 결합시켜주는 신성한 이야기'라고 여긴다. 과거가 물려준 신화는 왜 신비롭고 이해하기 어려운 이야기일까?

지금까지 밝혀진 과학적 연구에 의하면 우주탄생 137억년 전(미국항공우주국), 지구탄생 약 46억년 전, 지구 생명체 기원 약 30억년 전, 고인류 사헬란트로푸스 출현 약 700만년 전, 인류의 언어 사용 약 200만년 전(호모 하빌리스), 본격적인 농경문화 시작 약 1만년 전, 세계 최고 고대 도시(인도 서부 수라트 해안 바다) 약 9500년 전, 대홍수 약 7800년 전, 아일랜드 대주교 제임스 어서가 성경을 토대로 계산한 천지창조의 날 약 6000년 전(B.C 4004년), 인류의 글자 사용 6300년 전……

인류는 참으로 오랫동안 '시간의 밤'을 항해해 온 셈이다. 인간과 동물이 거의 구별되지 않았던 기간은 말의 사용을 기준으로 삼는다면 무려 500만 년이나 되고, 글의 발명 이전의 선사시대, 즉 신화의 시대는 700만 년이나 된다! 이 기나긴 시간의 밤 동안에 일어났던 수많은 신화와 전설은 조상 대대로 구전口傳되면서 때로는 덧붙여지고 때로는 왜곡되고 때로는 새로 만들어진 것도 있으리라.

모든 만물에는 반드시 기원이 있기 마련이고, 인간은 특히 개인의 뿌리뿐만 아니라 인류의 기원을 그리워하고 알고 싶어한다. 신화는 이처럼 인간이 추구하는 신비롭고 불가사의한 기원을 밝혀주는 것이다. 신화는 고정된 하나의 의미가 아니라 여러 가지로 해석이 가능한 이야기이며 인간의 가장 본질적인 문제들을 상징적으로 이야기한 것이다. 신화는 세상의 근원적인 이야기이기 때문에 인류의 운명을 조명하고 해석할 수 있는 열쇠이다.

『환상여행』에도 신화의 시기가 도처에 언급되고 있다. 기이한 자연적 현상에 관심이 많은 가스파르는 왕립공원에 동물원을 설치하고 고릴라, 얼룩말, 대영양, 따오기, 푸른 땅뱀 등을 기르게 하고 여행자들이 기회가 닿으면 구해오겠다고 약속한 '불사조, 일각수一角獸, 용, 스핑크스, 반인반마半人半馬 따위'를 기다리고 있었다. 마치 그리스 로마 신화에 나오는 수많은 괴물들과 반인반수들이 튀어나올 듯하다.

또한 창세기의 세상을 떠올리는 신화적인 공간—신성한 공간—도 언급된다. 가스파르와 발타자르는 세상에서 가장 오래된 도시로 간주되는 헤브론—아담과 이브가 에덴 동산에서 쫓겨난 뒤 은신한 곳으로 알려진 곳—에서 아담과 이브 그리고 아브라함의 무덤이 있는 막펠라 동굴을 방문한다.

"그들은 에덴 동산의 최후의 나무로 간주되는 거대한 테레빈 나무의 밑동을 어루만졌다. 그들은 카인이 동생 아벨을 살해했다는 가시나무 밭 공터에 갔다. 하지만 그들의 관심을 가장 끌었던 것은 산사나무 울타리가 처지고 새로 파 엎은 밭이었다. 야훼께서는 이 밭에서 아담을 빚고 코에 생기를 불어넣었다."

투르니에는 전설에 대한 중요성을 이렇게 말하고 있다. "전설은 우리의 실체를 먹고산다. 전설은 우리가 마음으로 동조하지 않으면 진실이 되지 못한다. 우리가 전설에서 우리 자신의 역사를 인정하지 않는 순간부터 전설은 죽은 나무나 마른 짚에 지나지 않는다(『동방박사와 헤로데 대왕』 중에서)." 작가의 사명은 과거가 물려주었지만 잊혀져버린 신성하고 비밀스런 진리인 신화를 생생하게 되살려서 신화가 죽은 우화가 되지 않도록 하는 것이다.

인류를 구원하기 위해 오신 아기 예수님이 초라한 외양간에서 태어나신 것이 무엇을 의미하고 상징하는지 모두 되새겨야 한다. 지나치게 물질과 외형적인 즐거움을 추구하는 요즘의 화려한 성탄절. 아기 예수님은 '가난한 사람, 낮은 사람, 슬픔에 잠긴 사람, 억압받는 사람, 소외된 사람' 가운데 계신다는 점을 잊지 말고 진정한 사랑과 진리의 의미를 깨달았으면 좋겠다.

창작이 주체를 가장 수단 있으나
주체를 주청의 마음에 장응 놓지이기 자가아니라.

Michel Tournier

한 곳에 틀어박혀 사는 사람의 영혼은 한없이 되씹는 불평이 들끓는 단지와 같습니다.